강민선
문예창작을 전공하고 비정규직 아르바이트를 전전하다
도서관 사서가 되었다. 그리고 무엇에 홀린 듯 책을 만들기
시작했다. 2017년부터 독립출판물 『백 쪽』, 『아무도 알려주지
않은 도서관 사서 실무』, 『월요일 휴무』, 『여름특집』,
『가을특집』, 『나의 비정규 노동담』, 『비행기 모드』 등을 쓰고
만들었다. 현재 도서관을 그만두고 비정형 작업 공간이자
1인 출판사인 '임시제본소'를 만들어 아무도 모르는 곳에서
조용히 좋아하는 일을 하고 있다.

도서관의 말들

도서관의 말들

불을 밝히는, 고독한, 무한한, 늘
그 자리에 있는, 비밀스러운, 소중하고
쓸모없으며 썩지 않는 책들로 무장한

강민선 지음

머리말
살아 숨 쉬는 도서관으로

　도서관은 조용하면서도 시끄러운 곳이다. 사람들은 하나같이
입을 다물고 있지만 그들의 머릿속은 여느 때보다 역동적이다.
청구 기호를 뽑아 들고 책을 찾아 직진하는 사람, 도서관만 믿고
왔는데 책이 보이지 않아 당황하는 사람, 사서를 동원해 책 수색
에 나서는 사람, 그런 줄도 모르고 서가 구석에 주저앉아 그 책을
읽고 있는 사람, 읽으면서 즐거워하는 사람, 슬퍼하는 사람, 희
망하고 절망하는 사람, 기대하거나 후회하는 사람, 다짐하는 사
람……. 이들의 면면을 떠올리면 결코 겉으로 보이는 적막이 도서
관의 전부가 아니라는 사실을 알게 된다. 책들은 또 어떤가. 입이
없는 사물이라지만 과연 그럴까. 어디를 열어 보아도 그동안 하고
픈 말이 얼마나 많았는지 알 수 있다. 아무도 펼쳐 보지 않은 책일
수록 토해 내는 한숨의 깊이가 다르다. 부유하는 먼지 사이로 단
어와 문장이 춤을 춘다. 지금이라도 찾아와 줘 고맙다는 듯이 웅
성거린다.
　어떤 사서는 틈나는 대로 인기 없는 서가의 오래된 책을 꺼내고
는 아무 곳이나 펼쳐서 책장을 넘기는 단조로운 일을 해 왔다. 다
시 서가에 꽂을 땐 책과 책 사이에 작은 틈을 만들어 주었다. 그녀
는 '책이 숨 쉬게 해 주는 일'이라고 했다. 그러지 않으면 얼마나

답답하겠냐는 것이다. 그녀의 말을 듣고 나는 더도 덜도 말고 꼭 그녀 같은 사서가 되기로 마음먹었다. 한 권의 책을 하나의 생명으로 여기는 사서 말이다. 그녀야말로 모든 책의 집사이자, 진정한 사서라고 생각했다. 얼마 뒤 나는 운이 좋게도 서울의 한 구립 도서관 사서가 되었다. 몇 년의 시간이 훌쩍 지나갔다. 나는 진정한 사서였을까. 가끔 돌이켜본다. 오래된 책의 먼지 한 번 쓸어 준 적이 있었을까. 그게 뭐 어려운 일이라고 그럴 여유조차 갖지 못했던 걸까.

도서관 사서로 일했던 지난날은 이 책을 쓰는 데 큰 도움이 되었다. 하지만 웅성거리는 도서관의 말을 채집하기 위해서는 다시 도서관을 찾아야 했다. 오늘은 어떤 문장을 만나게 될지, 근원이 될 문장에서 어떤 생각들이 갈려 나올지 모른 채 기대하는 마음으로 도서관에 드나들었다. 오래된 책의 먼지를 떨어 주었다.

말이 길을 잃지 않도록 파수꾼처럼 지켜 준 전은재 편집자님 그리고 재욱에게 감사를 전한다.

2019년 가을에, 강민선

머리말   9

문장 001   12
↓   ↓
문장 100   210

그는 미안한 표정으로 내게 돌아가라고 손짓하며 여성이 도서관에 들어가려면 대학 연구원을 동반하거나 소개장을 소지해야 한다고 유감스럽다는 듯 나지막이 말했습니다.

버지니아 울프, 『자기만의 방』
(민음사, 2016)

001

1928년 가을, 강연을 준비하던 버지니아 울프는 필요한 자료를 찾아 근처 도서관에 갔지만 여자라는 이유로 출입을 제지당한다. 마음속으로 분노와 저주를 퍼부어 보아도 굳게 닫힌 도서관의 문은 여전히 높고 견고하기만 했다. 1789년 프랑스 시민 혁명을 거쳐 19세기 후반부터 제한적으로 시작된 여성 참정권이 영국에 도입된 해는 1918년. 지금처럼 누구나 무상으로 도서관을 이용하기까지는 여성 참정권 투쟁의 역사만큼이나 길고 지난한 시간과 희생이 필요했다.

당시의 환경을 이해하면 "여성이 글을 쓰려면 돈과 자기만의 방이 있어야 한다"라는 버지니아 울프의 말이 실로 절실하게 느껴진다. 돈과 방이라면 이십 대부터 내게도 절실히 필요한 두 가지였다. 얇은 문 사이로 가족의 목소리와 텔레비전 소리가 와글와글 들리는 곳에서는 도무지 글을 쓸 수 없었다. 밖으로 나가자니 기본 오천 원인 음료 한 잔 값을 지불하고 앞으로 뭐가 될지 모를 글을 쓴다는 게 왠지 아깝기만 했다. 그럴 때 찾은 곳이 바로 도서관이었다. 자리를 차지하기 위해 굳이 마시고 싶지 않은 음료를 비싼 값에 사지 않아도 되고, 귀에 거슬리는 주변 사람이나 배경 음악도 없고, 글을 쓰다 자료가 필요하면 그때그때 서가에서 찾아볼 수 있으니 이보다 좋을 수는 없었다. 도서관은 언제나 사유의 한계를 넘어서게 해 주었고, 내가 방문한다기보다 나를 맞이해 준다는 기분이 드는 유일한 장소였다. 이 환대가 결코 거저 얻어진 것이 아니라는 사실을 나는 도서관에 갈 때마다 떠올린다.

나는 늘 낙원을 도서관으로 생각했어요.

호르헤 루이스 보르헤스, 『보르헤스의 말』
(마음산책, 2015)

꿈을 꾸면서 나는 생각했다. '지금 본 이것들을 글로 쓰면 좋겠다. 지금 느끼는 이 감정을. 단편소설 하나는 나오겠군.' 그런 결심이 섰다면 당장이라도 눈을 뜨고 어딘가에 적어야 했는데, 정신을 차렸다고 착각한 나는 계속해서 글감을 따라 꿈속을 거닐었다. 잠에서 깬 후에 남은 거라곤 꿈에서 보고 느낀 것을 글로 쓰면 좋겠다고 생각했다는 기억뿐, 한 장면도 제대로 떠오르지 않았다. 이럴 수가 싶지만 자주 있는 일이다. 일부 강렬한 꿈은 오래도록 남기도 하지만 대부분은 각성과 함께 산화되어 날아간다. 걸었던 길, 보았던 풍경이 모래 위에 그린 그림처럼 밀물에 휩쓸려 사라져 버린다. 그래서 어떤 작가는 머리맡에 필기도구를 두고 자는 모양이다.

현실에서 우리가 경험할 수 있는 일은 매우 한정적이다. 세상에 일어나고 있는 많은 일 중에 내 눈으로 담을 수 있는 게 얼마나 될까. 두 발로 걸어서 갈 수 있는 곳은 얼마나 될까. 평생을 살아도 어떤 장소는 오직 꿈과 상상으로만 가 볼 수 있다. 시립 도서관 사서로 시작해 국립 도서관 관장이 된 보르헤스는 시력을 잃고 낙원을 그린다. 가 본 적 없는 낙원을 생애 가장 행복했던 공간에 빗대어 상상한다. 도서관. 그가 평생을 읽고 쓰던 곳. 꿈에서조차 글쓰기를 간절히 원했던 작가의 무한한 기록이 그곳, 낙원 혹은 도서관에 있다.

어떤 책을 엉뚱한 자리에 꽂아 놓으면
20년 이상 실종되어 버리고 때로는 영구히
없어지는 거나 마찬가지야.

폴 오스터, 『보이지 않는』
(열린책들, 2011)

도서관 서가에 붙일 안내문을 만들던 중이었다. "다 본 책은 제자리에"라는 말이 좀 심심하게 느껴져 살짝 바꿔 보았다. "제자리에 꽂혀 있지 않은 책은 영원히 찾을 수 없어요." 이를 본 동료가 너무 극단적인 것 아니냐며 웃었다. 그런가? 하지만 틀린 말은 아니다. 이용자와 사서를 하루 종일 헤매게 한 책은 언제나 원래 자리에서 불과 몇 칸 떨어진 곳에 있었다. 도서관 서가는 엄격한 규칙과 순서가 존재하는 곳이다. 순간의 실수로 잘못 꽂은 책 때문에 다른 누군가가 미로 같은 곳에서 헛된 시간을 보내고 결국에는 책 찾기를 포기하게 된다는 사실을 잊지 마시길.

폴 오스터의 『보이지 않는』은 1967년 베트남전 징병을 앞둔 대학생이자 작가 지망생 애덤 워커의 이야기를 다⅍시점으로 쓴 장편소설이다. 회고록의 형식을 띤 일인칭, '나'를 '너'로 상정하고 쓴 이인칭, 사십 년이 지나 과거를 바라보며 쓴 삼인칭 소설을 읽는 독자는 어느 순간부터 주인공이 실제로 겪은 일과 그가 쓴 가상의 이야기를 헷갈리게 된다. 이 매력적인 책에서 내게 유독 인상적인 장면이 있었는데 주인공 워커가 실수로 책을 잘못 꽂아 도서관 관리자로부터 주의를 받는 부분이다. 가볍게 지나갈 수도 있을 일화였지만 희한하게 두고두고 떠올랐고, 나는 이 부분이 이 모호한 소설 전체를 관통하는 핵심 주제일지도 모른다고 생각했다. 그리고 내가 도서관 사서로 일하는 동안 실무에 영향을 준 것도 바로 이 장면이었다.

(⋯⋯) 그 사서는 어김없이 전처럼 사서
자리에 있었다. 그것은 가끔씩 가는 오랜
친구 집 익숙한 기둥마디 같은 것이었다.
특별한 의미는 없다. 하지만 그 집에 가서
그 마디를 보면 어쩐지 마음이 차분해진다.

미야모토 유리코, 「도서관」, 『슬픈 인간』
(봄날의책, 2017)

지난봄 도쿄 여행길에 가져간 책은 일본 근현대 작가들의 산문을 엮은 『슬픈 인간』이었다. 수록된 스물여섯 명의 작가 중 아는 이름이라곤 나쓰메 소세키와 다자이 오사무뿐이었지만 그 덕에 새로운 작가의 글을 처음으로, 게다가 그의 나라에서 읽는 경험을 할 수 있었다. 미야모토 유리코의 「도서관」은 도쿄대학 캠퍼스와 우에노 공원 벤치에서 나누어 읽었다.

우에노 도서관의 풍경 묘사로 시작하는 글은 중년의 미야모토 유리코가 이 도서관을 처음 찾았던 삼십 년 전을 떠올리며 이어진다. 여성 열람실이 따로 있던 그 시절, 서로 다른 학교에서 모인 여학생들은 함께 공부하고 서로 격려하며 차별 없는 미래를 도모했다. 삼십 년이 지난 도서관에 더 이상 여성 열람실 같은 건 없지만 도서관을 지키던 사서는 그때 그대로다.

내가 도서관 자료실에서 일한 기간은 4년 6개월이었다. 그 짧은 사이에도 아이들은 눈부시게 자란다. 언니나 형의 손을 겨우 잡고 따라온 동생들이 한 학기만 지나면 훌쩍 커서 이런저런 질문을 퍼붓기 시작한다. 방학 때마다 꼬박꼬박 독서 교실에 참석했던 초등학생이 어느새 중학생이 되어 종합 자료실을 드나든다. 주말마다 봉사하러 왔던 고등학생이 원하던 대학에 입학했다는 소식을 전해 줄 때, 만삭인 채 도서관에 왔던 이용자가 얼마 후 귀여운 아기가 탄 유모차를 끌고 올 때 비로소 도서관이 살아 있다는 것을 느낀다. 자라고 변하는 이용자가 없다면 도서관은 공간만 차지하는 고철 덩어리와 다를 게 없다. 이용자가 새로운 소식을 갖고 다시 찾아올 때마다 한결같은 친구처럼 맞이해 주고 싶은 마음. 내가 기억하는 사서의 마음이다.

사서로서, 분류학자로서 나는 단지
어느 특정 국가에 속한 것이 아니라
전 세계에 속해 있다.

고인철 외, 『위대한 도서관 사상가들』
(한울, 2016)

전 세계를 막론하고 문헌정보학을 공부한 사서라면 누구나 아는 이름이 바로 랑가나단이다. 그러나 도서관을 아무리 좋아해도 도서관사를 공부하지 않았거나 사서가 아닌 이상 알기 힘든 이름이기도 하다. 나 역시 그랬다. 도서관을 드나들기만 하다가 사서가 되고 싶어 공부하면서 비로소 알게 된 이름이었고, 알게 되는 것이 하나씩 늘어나자 이전보다 더 도서관을 좋아하게 되었다.

인도의 수학자이자 사서인 랑가나단은 1931년에 도서관학 5법칙을 발표한다. 제1법칙, 책은 이용하기 위한 것이다. 제2법칙, 책은 모든 사람을 위한 것이다. 제3법칙, 모든 책을 그의 독자에게. 제4법칙, 독자의 시간을 절약하라. 제5법칙, 도서관은 성장하는 유기체이다. 이 다섯 가지 법칙을 통해 그는 도서관의 존립 이유를 만인에게 밝힌다. 모든 사람을 위한 곳. 왕이나 귀족, 사제나 법관, 대학생, 남자만 들어갈 수 있는 곳이 아닌 모두를 위한 도서관의 필요성을 그 시절 카스트의 나라 인도에서 설파했다는 것만으로도 그가 왜 도서관의 아버지라 불리는지 알 수 있다.

사서 교육원에서 공공도서관경영론을 가르치시던 한 교수님이 사서가 되고 첫 명함을 만든 이야기를 해 주셨다. 교수님은 기관명과 로고가 있어야 할 자리에 랑가나단의 도서관학 5법칙을 새겨 넣어 새로운 사람을 만날 때마다 명함을 내밀었다고 하셨다. 그렇게라도 전하고 싶었다고, 내가 일하고 있는 도서관의 목적, 우리가 알고 있어야 할 도서관의 존재 이유를.

그것은 그녀가 너무나 잘 알고 있는,
사십 대 내내 거울을 통해 보아 왔던,
항상 목이 마른 듯 칼칼한 비정규직의
표정이었다.

권여선, 「이모」, 『안녕 주정뱅이』
(창비, 2016)

006

나는 도서관 사서를 계약직, 그러니까 비정규직으로 시작했다. 사서직 공무원이 아닌 이상 도서관에서 정규직 사서를 채용하는 일은 드문 데다가 지원 자격 역시 대학에서 문헌정보학을 전공하고 정사서 자격증을 소지해야 하는 경우가 대부분이다. 정규직 자리가 생긴다고 하더라도 정규 직원은 계약직 중에 내정해 둔 사람을 채용하고 신규 직원을 계약직으로 뽑는 게 관행이었다. 나도 1년 6개월의 계약직을 거쳐 정규직이 되었다. 만약 계약 기간이 다 되도록 조직 개편이나 인사 이동의 기회가 없었다면 계약 만료로 도서관을 그만두고, 다른 도서관의 계약직 사서로 다시 입사해 정규직 사서 중 누군가 어서 그만두기를 바라며 일하고 있었을지도 모른다.

소설 속에 묘사되는 도서관 사서의 모습을 읽다 보면 비슷한 구석을 발견할 때가 있다. 무뚝뚝하고 고지식하고 회피하는 타입. 다 그런 건 아닌데 꼭 그런 묘사만 눈에 더 잘 띄고 기억에 오래 남는다. 권여선의 단편소설 「이모」에는 책을 빌리고 싶어 하는 주인공에게 자료실 마감 시간이니 다음에 다시 오라고 말하는 사서가 등장한다. 사서는 분주한 업무 탓이라며 핑계를 대고 있지만 책임을 피하려는 초조한 속내가 주인공에게 훤히 비치는 상황. 어쩐지 나는 작가에게 무언가를 들켜 버린 심정이었다. 지킬 건 퇴근 시간뿐이었던 비정규직 사서의 안쓰러운 조바심 같은 것.

"(······) 스토너는 대학을 커다란 저수지처럼 생각하고 있을걸. 도서관이나 유곽처럼 말이야. 사람들이 자유롭게 드나들면서 자신을 완성해 줄 물건들을 고를 수 있는 곳, 모두가 같은 벌집의 작은 일벌들처럼 힘을 합쳐 일하는 곳. 진실, 선함, 아름다움. 이런 것들이 모퉁이 너머 바로 다음 복도에 있다는 것이지. 아직 읽지 못한 바로 다음 책, 아니면 아직 가 보지 못한 바로 다음 서가에. 언젠가 우리는 반드시 그 서가에 이를 것이고, 그러면······ 그러면······."

존 윌리엄스, 『스토너』
(알에이치코리아, 2015)

첫 오십 쪽을 거의 황홀경에 빠진 채 읽어 나간 『스토너』는 결국 그날 하루를 넘기지 않고 다 읽었다. 가업인 농업을 배우기 위해 대학에 진학한 스토너가 영문학개론 수업을 듣고 문학으로 진로를 바꾸기까지의 과정, 웅장한 대학 도서관 서가 사이를 돌며 수만 권의 책을 만지고 냄새 맡고 읽는 장면 그리고 스토너의 자질과 선택을 유쾌하게 확신시켜 준 스승의 한마디. "자네는 사랑에 빠졌어. 아주 간단한 이유지." 이 모든 내러티브가 내게는 이상하리만치 친밀하고 다정하게 느껴졌다. 나 역시 알고 있는 사랑의 경험이기 때문인지도 모르겠다.

그렇다면 오십 쪽 다음은? 그다음은? 문학 수업 하나 때문에 가업을 포기하고, 고독하게 책을 읽고, 학교에 남아 문학을 가르치는 사람이 된 스토너의 삶은 특별해졌나? 전혀 그렇지 않았다. 사랑과 결혼, 이혼, 투병 그리고 죽음에 이르기까지 특별할 것 하나 없는 보통의 인간 삶이었다. 그가 고향의 흙 대신 도서관의 책을 선택했다고 해서 형편이 더 나아졌거나 남들은 극복할 수 없는 어려움을 이겨 냈거나 역사에 남을 만큼 대단한 성취를 이룬 것은 아니었다. 문학이란 어쩌면 그런 것이 아닐까. 내면의 진실, 선함, 아름다움과 마찬가지로 눈에 보이지 않고 당장의 쓸모는 없지만 계속해서 인생의 다음 단계를 기대하게 한다. 살아가게 한다.

문득 혼자 여행하기로 했습니다.
이번 목적은 도시 관광보다는 새로운
도서관입니다. 기후 시립 중앙 도서관이
정말 멋있다고 들어서 3일 동안 그곳에서
독서 삼매경에 빠지기로 했습니다.

마스다 미리, 『오늘의 인생』

(이봄, 2017)

마스다 미리처럼 도서관에 가기 위해 여행지를 고른 적은 없지만 여행지에서 도서관을 만나면 일단 들어가고 본다. 누구에게나 열려 있고 방전된 휴대전화와 노트북을 충전할 수 있으며 화장실까지 해결된다. 여름에는 시원하고 겨울에는 따뜻하다. 마실 물이 있고 앉아서 쉴 만한 의자가 있다. 서가에 어떤 책이 꽂혀 있는지 살펴보는 건 맨 나중 일. 책을 둘러보기 시작하면 도서관에 발이 묶이기 십상이니 아쉬워도 간단하게 일별한다.

여행 중에 통영의 통영 도서관과 제주의 애월 도서관을 둘러보며 이런 곳에서 일하면 좋겠다고 생각한 적이 있다. 갑갑한 도심을 벗어나 유유자적 일할 수 있을 것 같았고 건물 밖으로 조금만 걸어 나가면 바다가 보였다. 기회가 주어지지 않을까 하는 마음에 사서 교육 과정을 준비하게 했던 것도 여행지에서 만난 도서관이 내게 준 낭만 때문이었다.

사서로 일하게 되자 '유유자적'이란 말은 정신적 육체적 난관에 부딪혀 나 자신을 달래기 위한 주문을 걸 때나 사용하는 단어가 되었다. 한 발짝 바깥에서 들여다본 도서관과 다른 세상이 그 안에 있었다. 어느 도서관에 가더라도 피곤하고 지친 사서의 얼굴만 보였다. 벽이나 서가에 걸린 안내문을 보면서는 '이런 거 만드느라 힘들었겠군', 운동장 같은 자료실을 거닐면서는 '책 정리하느라 힘들었겠군', 각종 행사 포스터가 붙어 있는 게시판을 보면서는 '저 행사들 다 기획하느라 힘들었겠군', '아이디어 짜내느라 힘들었겠군', '강연자 섭외하느라 힘들었겠군', '그냥 힘들었겠군' 같은 생각을 하게 되었다. 도서관은 온통 힘든 기억의 장소가 되어 버렸고 도서관을 바라보는 시각도 조금 달라졌다. 누군가에게 공기 같은 편안을 주는 장소인 데에는 다 그만한 이유가 있다고.

검소한 작은 결혼식을 위하여 과다한 장식(장식용 파라솔 설치, 신부 대기실 망사 커튼 장식 등)을 지양하고 하객은 200명 이내의 인원만 초청하여야 함.

국립 중앙 도서관 웹사이트
(www.nl.go.kr)

국립 중앙 도서관 웹사이트에는 예식장 대관 안내가 나와 있다. 전화를 걸어 담당 주무관과 통화한 날은 2013년 10월. 이틀 후 혼자서 도서관에 찾아가 가장 빠른 날로 예약을 했다. 2014년 6월 마지막 주 토요일이었다. "이날 어때?" 나는 배우자가 될 사람에게 문자로 물어보았고 문자로 답이 왔다. "그러자." 예약에 필요한 정보를 역시 문자로 주고받았다. 귀찮은 건 참 하기 싫어하는 성격인 내가 가장 걱정했던 게 결혼식이었는데 생각보다 일사천리로 해결된 기분이었다. 담당 주무관의 간결하고 신속한 안내도 한몫했다. 사무적인 말투로 호감을 주기가 쉽지 않은데 그가 그랬다. 꽃 장식도 안 되고 하객이 많아도 안 되고 화환을 받아도 안 된다는 도서관 방침이 나로선 반가웠다. 없어서 못 하는 게 아니라 안 돼서 안 하는 게 되니까. 어수선한 예식장에서 하루에도 몇 번씩 와플 찍어 내듯 커플을 토해 내는 결혼식과 달리 도서관에서는 하루에 한 번만 결혼식을 진행했다. 대관료는 당시 공공 기관 사용료에 해당하는 오만 칠천 원이었다.

이제 우리 도서관으로 가자. 수많은 책이
구비된 도서관이 아니라 좋은 책이 있는
도서관으로.

루치아노 칸포라, 『사라진 도서관』
(열린책들, 2007)

도서관에 대한 글을 쓰기 위해 도서관에 갔다. 검색대에서 키워드를 쳐 보기도 하고 문헌정보학에 해당하는 '020' 서가를 뒤져 보기도 했다. 역시 그 안에는 도서관에 대한 좋은 책이 있었다. 몇 권만 뽑아 든다는 것이 두 팔로 끌어안아야 할 정도로 잔뜩 쌓였다. 자리를 잡고 앉아 한 권씩 찬찬히 넘겨 보았다. 세계 여러 나라의 도서관을 다녀온 사람들의 경험담, 저명한 작가들의 확고한 신념, 동서고금의 변치 않을 아포리즘……. 보석을 발견한 것처럼 서둘러 쓸어 담아도 모자랄 판에 어느새 나는 마음이 느슨해져서 설렁설렁 책장만 넘기고 있었다. 내가 찾으려던 보석이 맞는 것 같은데도 어쩐지 자꾸만 의심이 갔다.

도서관에는 분명히 좋은 책이 많이 있다. 하지만 모든 좋은 책이 내게 영감을 주진 않는다. 다른 사람의 경험이 순식간에 내 경험이 될 수 없고, 아무리 훌륭한 작가의 인생 좌우명이라 해도 단숨에 본받고 싶은 생각이 드는 것은 아니다. 누가 봐도 흠 없고 진실한 문장이어도 나와 그 문장 사이에서 내밀한 연결선을 찾을 수 없다면, 그 문장에 나의 이야기를 보태어 쓸 수 없다면, 그건 내가 함부로 끌어올 수 없는 타인의 문장이다. 반짝이는 것을 보고도 얼른 주워 담지 못했던 건 내 눈에만 보이는 선연한 유리벽이 문장과 나 사이를 가로막고 있기 때문이었다.

나는 서가에서 가져온 책들을 제자리에 꽂았다. 내게 필요한 문장, 나를 위한 문장이 어딘가에 반드시 있으리라는 믿음으로 다시 서가를 천천히 거닐었다. 이 책에 담은 글들은 그렇게 시작됐다.

나는 주중에는 매일 리슐리외가에 있는
국립 도서관에 가서, 거기서 수많은 다른
정신노동자들과의 말없는 연대감 속에서
대부분 저녁때까지 내 자리에 앉아 있었고,
내가 찾아낸 책들의 작게 인쇄된 주석에
빠져 있었으며, 내가 이 노트들에서 언급한
책이나 그 책의 해설에 몰두해 현실에 대한
학문적 기술로부터 점점 후퇴하면서 아주
기이한 세부적인 것까지 가지를 치며 뻗어
나가 곧 조망이 불가능해진 나의 기록물을
적어 가는 데 점점 빠져들었지요.

W. G. 제발트, 『아우스터리츠』
(을유문화사, 2009)

수업이 끝나면 대학 도서관에 갔다. 자판기에서 백오십 원짜리 밀크커피를 뽑아 칸막이가 있는 열람실에 자리를 잡았다. 삼면이 눈높이까지 막혀 있는 자리에서 수능 공부를 할 땐 지독히도 답답했는데, 거기 앉아 소설책을 읽고 있으니 그렇게 집중이 잘될 수가 없다. 책 옆에는 공책을 펼쳐 놓았다. 책을 읽다가 인상적인 단어나 문장이 나오면 공책에 옮겨 적었다. '이런 상황에서는 이 단어가 적절하구나', '이 문장은 인물의 성격을 너무나도 잘 표현하고 있어.' 갖가지 이유로 마음에 들어온 단어와 문장에 번호를 매기며 기록했고, 어떤 책은 100번이 넘어가기도 했다.

글을 쓰면서도 책은 계속 읽었다. 책을 읽다가 쓰고 싶은 글의 정서와 비슷한 상황이나 묘사를 발견하면 역시 메모했다. 인물의 성격을 대변할 만한 수식어를 기록해 두었다가 내가 쓰는 글에 차용했다. 흔히 쓰이는 관용어가 아닌 이상 나 혼자서는 생각해 낼 수 없는 말이었다. 그럴 때 나는 마치 누군가 조판해 둔 활자를 채집하여 필요한 자리에 배열하는 식자공 같았다. 정교한 기술과 인내력을 요구하는 작업이었고 나는 그 시간을 좋아했다.

그때의 내 모습을 이토록 오랫동안 떠올리게 될 줄은 몰랐다. 작가가 되려면 대체 무엇이 더 필요한지 알지 못했던 때, 그저 하루하루 누군가의 책을 읽고 거기에 내 생각을 주석처럼 달아 놓는 게 전부였던 때가 아직도 어제만 같다.

도서관은 이상적으로는 아무 일도
일어나지 않는, 하지만 일어났던 모든 일이
저장되어 기억되고 삶을 되찾는 장소,
종이가 가득한 상자에 세상이 차곡차곡
담겨 있는 곳이다.

리베카 솔닛, 『멀고도 가까운』
(반비, 2016)

아침에 가방을 둘러메고 도서관으로 출근해, 폐관 시간에 맞춰 가방을 메고 집으로 돌아오는 게 일과였다. 대학은 이미 졸업했고 도서관 사서로 일하기도 훨씬 전의 일이다. 도서관에 머물며 각종 문예 관련 프로그램에도 참여했다. 무료였기 때문에 부담이 없었다. 사서가 되어 도서관 행사를 기획하고 진행하게 되었을 때 이삼십 대의 젊은 참여자를 보면서 예전의 나를 떠올리곤 했다.

도서관에 다니면서 간간이 아르바이트를 했다. 아르바이트를 하면서 틈틈이 도서관에 다녔다고 해야 하나. 그땐 하루가 참 길었다. 한 달이. 일 년이. 인생이. 언제나 불안한 희망에 들떠 있었다. 희망찬 불안이었을까. 날마다 끌어안고 살던 알 수 없는 감정의 덩어리는 뜨거운 얼음이었다가 차가운 불이기도 했다. 그런 상태로 누가 부르지도 찾지도 않은 도서관을 향해 발걸음 한 나의 마음은 일종의 보호 본능이었을 거다.

스물두 살 때부터 도서관 입사 전까지 14년간의 기록을 책으로 묶었다. 『나의 비정규 노동담』을 읽은 한 독자의 리뷰에서 "청춘의 기록"이라는 구절을 보았다. 쓰는 동안에도 사는 동안에도 생각해 보지 않았던 '청춘'이라는 단어가 낯설었다. 자신을 청춘이라고 느끼고 사는 청춘이 얼마나 될까마는 나 역시도 짧지 않은 그 시간을 지나고 나서야, 글이라는 형태로 남기고 나서야 그때가 내 인생에서 어떤 의미였는지 알게 되었다.

"책의 내용 속으로 코를 들이미는 자는 도서관에서 일하긴 글러 먹은 사람이오! 그는 절대로 총체적 시각을 가질 수 없단 말입니다!"

피에르 바야르, 『읽지 않은 책에 대해 말하는 법』 (여름언덕, 2008)

『읽지 않은 책에 대해 말하는 법』에 등장하는 로베르트 무질의 『특성 없는 남자』에는 사서가 도서관의 모든 책을 다 읽을 수 없는 가장 그럴듯한 핑계가 나온다. 특별한 사상을 찾아 도서관에 방문한 스툼 장군은 처음으로 맞닥뜨린 방대한 양의 책 앞에서 자포자기하고 만다. 한술 더 떠서 도서관 사서는 자신 역시 이 책들 중 어떤 것도 읽지 않았으며 훌륭한 사서는 맡은 책의 제목과 목차 외에는 절대 읽지 않는다는 말까지 던진다. 이 뻔뻔스러운 사서의 주장에 장군은 놀라움을 금치 못하면서도 묘하게 설득된다. 설득된 건 나였나?

도서관 사서는 근무 시간에 독서를 할 수 없다. 업무상 필요한 책도 퇴근 후에나 겨우 볼 수 있다. 책을 집어 들 기운이 남아 있다면 말이다. 그럼에도 많은 책을 알아야 하고 소개해야 한다. 주제에 따라 분류도 해야 하고 잘못된 정보가 있으면 그때그때 수정할 줄도 알아야 한다. 책의 내용을 모르고 이게 가능한가? 가능하게 해야 한다. 머리말이나 옮긴이의 글에서 책의 핵심을 건드리는 문장 한두 줄을 발견할 수 있어야 하고, 저자나 출판사의 다른 책에 대한 정보도 알고 있어야 한다. 어림짐작만으로 아는 척을 해서는 안 되며, 매번 자신 없는 모르쇠로 일관했다간 신뢰를 잃을 수 있으니 그것도 곤란하다.

개인적인 취향을 내세우는 책 소개는 수만 권의 책을 관리해야 하는 사서에겐 적합하지 못하다. 좋아하는 것에 대해서만 말하고 그 밖엔 관심 없음을 드러내는 태도는 자칫 다른 누군가에게 위험한 편견의 씨앗을 남길 수 있다. 저 사서가 말한 "총체적 시각"이 어떤 건지, 모든 책을 다 읽지 못하는 것에 대한 아쉬움이 아주 조금밖에 없는 나로선 살짝 이해가 가기도 한다.

전체성의 추구는 개개의 책을 다른 눈으로 보게 한다. 책의 개별성을 넘어 그 책이 다른 책들과 맺는 관계들에 관심을 갖게 하는 것이다. 진정한 독자라면 바로 그 관계들을 파악하고자 해야 한다는 것을 무질의 사서는 잘 이해했다.

피에르 바야르, 『읽지 않은 책에 대해 말하는 법』
(여름언덕, 2008)

로베르트 무질의 『특성 없는 남자』가 도서관의 모든 책을 읽을 수 없는 사서의 처지를 대변한다면, 피에르 바야르의 『읽지 않은 책에 대해 말하는 법』은 책을 좋아하는 사람이 모든 책을 다 읽을 수 없는 가장 매혹적인 핑계를 담고 있다.

저자는 교양을 쌓는 일에 대해 이렇게 말한다. 교양은 이런저런 책을 읽어서만 가능한 게 아니라 책 전체 속에서 헤매지 않을 수 있어야 하고, 각각의 요소를 커다란 관계 속에 심을 줄 알아야 한다고. 이는 책 한 권을 다 읽지 않아도 그 책을 어디에 어떻게 배치할지 신속하게 판단해야 하는 사서의 중요한 자질이기도 하다. 그런데 이 자질은 어디에서 오는가, 우리도 그걸 얻을 수 있는가 묻는다면…….

비밀은 나도 모른다. 내가 할 수 있는 말은 이것뿐이다. 피에르 바야르도, 로베르트 무질도, 『특성 없는 남자』의 괴짜 사서도 실은 아주 오랫동안 고강도로 훈련된 독서가일지 모른다. 책에 대한 일반적인 관점을 초월하는 지혜와 존중의 태도는 다 거기서 비롯된 것일지도.

제도나 기관에서 인습이나 타성을 걷어
내는 것은 매우 중요하다. 그것들이 원천을
은폐해 버리고, 맑고 신선한 물이 샘솟아
나오는 것을 방해하기 때문이다. 본래의
취지에서 점점 멀어지는 프로그램이나
특별활동을 기계적으로 반복하는 일 따위는
이제 그만두자.

즈느비에브 빠뜨, 『사서 빠뜨』

(재미마주, 2017)

당신은 좋은 사서였느냐고 누군가 묻는다면 자신 있게 대답하진 못할 것 같다. 좋은 사서가 되는 것은 좋은 사람이 되는 것만큼 어려운 일이다. 사서이기 이전에 조직원으로서의 역할을 수행하면서 겪는 충돌과 부딪힐 각오도 필요하다. 발등에 떨어진 업무를 처리하고 문제를 해결하느라 '좋은 사서'에 대한 숙고도 한가한 남의 일이 되기 일쑤다.

내가 좋은 사서였다면 『아무도 알려주지 않은 도서관 사서 실무』 같은 글을 쓸 시간에 이용자를 위한 프로그램 하나를 더 생각했을지도 모른다. 책을 만들기 위해 인디자인과 씨름하기보다 제자리에 꽂혀 있지 않은 책을 찾아 정리하거나 자료 검색이 용이하도록 마크MARC(Machine Readable Cataloging, 도서관 서지 정보를 데이터로 변환하여 목록화하는 일) 작업을 좀 더 철저하게 하는 데에 신경을 썼어야 했다. 나는 사서이기 이전에 감정적이고 이기적인 사람이었다. 불쾌한 일을 당하면 표정과 말투에서 다 드러났고, 내게 친절하지 않은 상대에겐 나 역시 친절하지 못했다. 입사 삼 년 차부터는 귀찮은 일은 피하고 싶어졌다. 열심히 해도 티가 나지 않는 일은 대충 하기 시작했고, 과정이 불성실해도 결과 보고서만 그럴 듯하게 꾸미면 된다는 생각에 포장하는 요령만 늘었다. 어느 새 나는 타성에 젖은 채 '좋은 사서'의 중요한 자질을 하나씩 잊어 가고 있었다.

도서관을 그만두기로 한 것은 여러 가지 복합적인 요인이 뒤섞인 결과였지만 이것 하나만은 분명했다. 마음을 쏟지 않은 채 기계적으로 반복하는 일만으로는 더 이상 나에게도, 도서관에게도 아무 도움이 되지 않았다.

그는 단순히 책을 정리하며 남은 형기만
세고 있던 것이 아니었다. 그의 우아한
사서의 태도, 제목을 스치는 그의 손길,
부드럽게 먼지를 털고 책을 매만지는 방식,
선반에 책을 꽂는 주의 깊은 세심함, 그의
침묵을 바라보며, 나는 그가 만들어 낸
질서에 감탄하고 말았다. 그것은 내가
그려 왔던 웅대한 계획이 아니라, 시간이
지나며 세련되어지는 작고 우아한 동작들을
반복하는 데 있었다.

아비 스타인버그, 『교도소 도서관』
(이음, 2012)

어느 가상의 지역 도서관에서 일하게 된 사서. 거기서 얼마 떨어지지 않은 교도소의 교화 교육과 직원. 교도소 도서관을 짓기 위해 두 사람이 만난다. 번잡한 도심과 떨어진 외딴 곳에서 어쩔 수 없이 자주 봐야만 하는 그런 두 사람의 이야기를 쓰고 싶었다. 도서관과 교도소, 다른 듯 비슷한 두 기관의 가장 낮은 자리이자 서로 간의 최접점인 그들이 겪게 될 고초부터, 도서관을 지으라는 상부의 말 한마디에 일사천리로 움직여야 하는 공무원들과, 교도소 도서관 사업에는 그저 시큰둥하기만 한 마을 운영위원회의 모습까지. 하지만 도서관을 짓는 일은 소설로도 힘들었나 보다. 시작한 지 칠 년이 넘어가는데 이 소설은 여전히 미완성이다.

그때 참고로 읽은 책이 『교도소 도서관』이었다. 하버드를 졸업한 엘리트이자 유대인 사회에서 촉망받던 주인공 아비가 보스턴 교도소 도서관 사서가 되어 재소자들과 겪는 우정과 성장에 관한 이야기이다. 재소자는 사방이 물이지만 마실 물은 하나도 없는 바다의 선원처럼, 널리고 쌓인 시간 중에서 자신을 위한 진짜 시간을 갖지 못한다. 갇힌 공간에서 세상과 공유하지 못하는 무용의 시간을 어떻게 하면 가장 생산적으로 사용할 수 있을까. 더 나은 사람으로 거듭날 수 있는 최소한의 가능성을 어디서 얻을 수 있을까. 도서관의 책은 누군가에게는 또 다른 형벌이기도 하겠지만 어떤 이에게는, 그러니까 일말의 가능성을 얻고자 하는 이에게는 무한한 해방으로 나아가는 문이라는 사실을 이 책이 알려 주었다.

"미궁을 마음대로 들락날락할 수 있으면
세상은 더 아름답게 보일 게다."

움베르토 에코,『장미의 이름』
(열린책들, 2002)

움베르토 에코의 『장미의 이름』에는 중세 수도원 도서관이 등장한다. 철저한 고증과 함께 수도원의 역사와 건축, 철학과 문화를 담은 이 방대한 책은 사실 수도원 살인 사건을 중심으로 펼쳐지는 추리소설이다. 수도사의 출입을 금하는 '미궁의 장서관'과 그 안에 숨겨진 금서에 대한 이 이야기는 자신이 믿고 따르는 것이 파괴될까 두려워 비밀에 접근하는 자를 모조리 차단했던 한 수사의 광적인 노력이 얼마나 어리석고 허무한지를 보여 준다.

『아무도 알려주지 않은 도서관 사서 실무』의 핵심은 "아무도 알려 주지 않은"이라는 관형어에 있다. 그러니까 도서관 사서 실무를 알려 주는 책이 아니라고 「서문」에도 밝혔고 이런저런 곳에 책 소개도 해 두었는데 기대한 내용과 달라 실망했다는 리뷰를 보면 나도 참 안타깝다. 도서관과 사서에 대한 매력이 반감되었다는 글을 보고는 얼굴도 모르는 독자에게 어떻게 하면 오해를 풀고 진심을 전할 수 있을까 고민하느라 밤을 새웠다.

도서관에 대해 좋은 이야기만 쓸 수도 있었다. 그랬다면 도서관의 이미지를 흐려 놓았다는 비난은 피할 수 있었을지도 모른다. 직장 동료와 선후배, 관장과 이사장이 좋아할 만한 이야기를 썼다면, 도서관의 이름을 부끄럽지 않게 할 이야기를 썼다면. 하지만 그런 글이라면 굳이 내가 써야 할 필요가 없었다. 도서관의 좋은 면을 보여 주는 책은 이미 많으니까. 나는 비밀을 지키기보다 알리는 쪽을 선택했다. 그 선택이 아직도 어딘가에 굳게 닫혀 있을 '미궁의 장서관'을 여는 데에 조금이라도 도움이 되길 바란다.

오르막과 내리막이 급격하게 반복되는
여정의 끝엔 무슨 영화처럼 터널까지
나왔다. 대개 그렇듯 도서관은 동네에서
가장 전망이 좋은 곳에 자리했다. 몹시 높은
곳에 있다는 뜻이다. 시원한 아침에 갔어도
더워졌을 그 길을 하루 중 제일 덥다는
오후 2시에 나가 걸으며 온몸 구석구석에서
땀을 뺐다. 도서관 내부는 후덥지근했다.

임소라, 『29쇄』
(북노마드, 2016)

예상치 못한 곳에서 가족을 만났을 때의 기분이었다고 할까. 또는 집에서 쓰던 세간이 야외 한복판에 나뒹굴고 있는 걸 발견한 기분이 그랬을까. 책에서 내가 일하는 도서관의 이름과 형태가 적절한 평가와 함께 나와 있는 것을 보자 실로 겸연쩍어졌다. 내게 한 말은 아니지만 내게 하는 말 같았고, 나에 대한 평가가 아니란 걸 알지만 나에 대한 평가가 맞는 것 같은 어쩔 수 없는 감정의 이입. 책에는 종합 자료실에 대한 언급도 있었다. 작가가 지금까지가 본 공공 도서관 중 가장 작고 장서 수도 적어 보인다고 했다. 자료실인데도 서가에 비해 책상이 차지하는 자리가 넓다는 점까지 요목조목 관찰해서 기록한 것 중 틀린 말이 하나도 없었다. 작가가 도서관을 방문한 시기는 내가 근무하던 때이기도 했으니 관찰력 뛰어난 이 작가의 눈에 내가 어떤 모습으로 비쳤을지 심히 염려되기도 했다.

동일한 작가가 이듬해에 쓴 『도서관람』에는 서울시 도서관 열 군데를 방문한 기록이 담겨 있다. 거기엔 내가 일하는 도서관이 빠졌고 그 이유도 나와 있다. 「서문」에는 "도서관을 돌아보고 서로 다른 오해를 열 번 반복한 기록"이라고 적혀 있지만, 글을 읽는 동안 작가의 시선에서 어떤 오해나 편견도 발견하지 못했다. 오히려 그런 것을 경계하는 것처럼 보였다. 그 무렵부터였다. 나도 쉬는 날마다 세계 여행을 떠나는 기분으로 서울에 위치한 각국의 문화원 도서관을 방문했다. 집에서 목적지까지의 동선, 거리, 대중교통 수단, 도서관의 생김새와 장서의 특징, 그날의 기분까지 세세하게 기록했다. 대부분 딴소리와 헛소리, 급기야 상상의 영역으로 이어졌지만 그대로 쭉 밀고 나갔다. 그렇게 도서관 사서로 일하며 완성한 독립 출판물이 바로 『월요일 휴무』(절판)다.

부지런한 두더지나 굼벵이처럼 가련한
이 사서 보조의 조수는 바티칸 도서관
같은 큰 도서관들과 이 세상의 노점들을
찾아다니면서, 성스러운 책이거나 속된
책이거나 간에 어떤 책에서든 그가 찾을 수
있는 고래에 관한 것이면 무엇이든 닥치는
대로 수집했음을 알 수 있다.

허먼 멜빌, 『모비딕』
(작가정신, 2011)

허먼 멜빌은 『모비딕』을 시작하기에 앞서 고래가 등장하는 「발췌록」을 보여 준다. 『성서』의 「창세기」와 고대 철학서에 등장하는 고래부터 라블레와 셰익스피어의 고래, 존 버니언과 찰스 다윈의 고래, 출처 불명의 고래까지. 세어 보니 여든 개였다. 멜빌은 이 발췌록을 "어느 사서 보조의 조수"에게 얻었다고 밝혔다. 사서 보조의 조수라니, 직급이 어떻게 되는 건가 추측해 보던 중에 멜빌의 인사가 눈에 띄었다. "그대, 가련한 보조의 조수여, 안녕히 가시라." 왜 가련하다고 하는 것이며, 어딜 가라는 걸까 짐작하려는데 이 보조의 조수를 일컫는 듯한 멜빌의 문장이 이어졌다. "세상의 어떤 술을 마셔도 활기를 얻지 못하는 가망도 없고 핏기도 없는 종족"이라고. 어, 뭐지? 사서에 대해 뭘 좀 아는 사람인가 싶어서 눈을 더 크게 뜨고 읽어 보았다. "세상을 즐겁게 해 주려고 애를 쓰면 쓸수록, 그대는 감사의 말을 듣기는커녕 더욱 참담해질 뿐." 이쯤 되자 이 책 『모비딕』이 얼마나 두껍든, 얼마나 난해하든 꼭 읽고 싶다는 생각이 들고 말았다.

멜빌은 참고 자료를 찾아 준 가련한 사서 보조의 조수에게 위로하듯 말한다. "그대보다 먼저 올라간 친구들이 7층으로 된 천국을 청소하면서, (……) 그대가 오기를 기다리고 있"다고. "이곳 지상에서 그대는 산산조각이 난 심장들을 부딪치고 있을 뿐이지만, 그곳 천국에서라면 깨지지 않는 술잔을 부딪치며 축배를 들 것"이라고. 사서 보조의 조수가 벌써 죽기라도 했나 싶어서 책장을 앞뒤로 넘겨 보았지만 그런 내용은 없었다. 다행이었다. 그저 자신의 책을 위해 뒤에서 동분서주해 준 한 사람을 위한 말일 거라 여기면서, 어쩐지 나도 위로받는 기분이었다. 보르헤스도 천국을 도서관에 비유하지 않았던가. 지상의 사서와 사서 보조와 사서 보조의 조수여, 천국에 가거든 모두 이용자가 되길.

참, 이 예문도 '도서관'과 '사서'가 들어간 문장을 "닥치는 대로 수집"한 결과임을 밝힌다.

어느 날 저녁 식탁에서 어머니가 사서들이
어떤 사람인지 묻자, 게리온은 그들이
남자인지 여자인지도 기억하지 못했다.

앤 카슨, 『빨강의 자서전』
(한겨레출판, 2016)

도서관이나 카페만큼 자주 가는 곳이 동네 우체국이다. 입고 문의가 들어오면 그때마다 포장해서 우체국에 직접 가져가 부친다. 독립 출판을 시작한 2017년 가을부터 이래 왔으니 우체국 직원의 얼굴은 외운 지 오래며 일하는 방식도 짐작이 가능해졌다. 택배의 크기를 눈대중으로도 맞히는 직원이 있는가 하면 꼬박꼬박 줄자로 확인하는 직원이 있다. 무거운 택배를 대신 들어서 저울에 올려 주는 직원이 있고, 시종일관 "저울 위에 올려 주세요"라고 무미건조하게 말하는 직원이 있다. 악성 민원에 강경하게 대응하던 국장은 그 일 때문이었는지는 몰라도 어느 날부터인가 보이지 않았고, 새로 바뀐 국장은 직원이 아무리 바빠도 대신 전화를 받아 주는 일이 없다. 일부러 관찰한 건 아니었다. 이 년 가까이 매일같이 다녔는데 이런 사정을 모르는 게 이상하지 않겠는가.

그런데 문득 '내가 저들을 안다고 할 수 있을까?' 하는 의구심이 들었다. 나는 저들의 얼굴과 직업을 알고, 하루 중 가장 오랜 시간 일하는 일터도 알고, 일하는 습관과 업무의 고단함을 알고 있는데 이게 정말 저들을 알고 있는 걸까? 저들에게 나는 그저 매일 택배 상자 하나를 들고 와 번호표를 뽑고 앉아 있다가 차례가 되면 다가오는 수백 명의 손님 중 한 명이다. 감사하다는 짧은 인사를 건네지만 그 역시 수백 명에게 듣는 작은 웅얼거림일 뿐이다.

한번은 여느 날과 같이 택배를 부치려는데 옆 창구 손님이 직원에게 감사하다며 막대 사탕 하나를 주는 것을 보았다. 사탕을 받은 직원은 물론 그 옆자리 직원까지 깜짝 놀란 표정을 짓더니 이내 활짝 웃었다. 그 순간 나는 마치 그 막대 사탕으로 이마를 톡 맞은 것처럼 정신이 들면서, 도서관 사서로 있던 때에 이용자에게서 받았던 사탕과 과자, 젤리 같은 것이 떠올랐다. 수정과와 오미자차, 직접 만든 딸기 주스까지……. 관공서 직원을 멀리서 관찰하고 짐작하는 건 그 마음에 비하면 너무나 가벼웠다.

사실 지금 생각해 보면 사서가 정말로
도서관에 있었던 건지조차 확신할 수 없다.
책을 빌리거나 책의 위치를 알기 위해
사서들이 앉아 있던 자리로 가면 그들은
언제나 그곳에 없었다. 그러다가 서가의
미로 사이를 헤맬 때 전혀 예상치도 못했던
장소에서 종잇장처럼 빛바랜 사서와
마주치는 것이었다.

김희선, 「웰컴 투 마이 월드」, 『문학동네』 93호
(문학동네, 2017)

"검색은 인터넷이 알아서 해 주는데 사서가 왜 필요하다고 생각하세요?" 2013년 사서 교육원 입학 면접 때 내게 주어진 질문이었다. 예상한 질문이었기에 나는 척척 답을 했고 그 덕에 입학할 수 있었는데, 지금 같은 질문을 받는다면 똑같이 대답할 자신이 없다. "인터넷은 정보와 지식의 바다입니다. 그 가운데서 필요한 내용을 빠른 시간에 찾을 수 있도록 도와주는 사람이 사서입니다. 수많은 정보 중에 진실을 가려내는 역할을 사서가 해야 한다고 생각하며, 그런 능력을 갖춘 사서가 되기 위해 이 자리에 오게 되었습니다."

기억을 더듬어 보면 대략 이런 내용으로, 사서만이 올바른 정보를 분별할 수 있다는 근거 없는 주장을 했던 것 같다. 사서가 저널리스트도 아니고, 진실을 가려내는 일을 어떻게 한단 말인가. 게다가 도서관은 이미 세상을 한 바퀴 돌고 온 정보가 책이나 그 밖의 형태로 탈바꿈하여 수집된 장소 아닌가. 이른바 정보의 무덤인 셈이다. 사서는 묘지기 정도 되려나. 이용자가 자료를 찾으러 오면 일단 삽부터 들어야 한다.

당시 면접관은 내 대답을 듣고 흡족한 듯 미소 지었다. 지금 생각해 보면 '이런 순진한 인간을 보았나' 하는 웃음이었던 것 같기도 하다. 나이가 지긋한 그는 알았을 것이다, 이런 순진이 없고서는 그 일을 잘해 내기가 힘들다는 것을. 좋아하는 마음만으로 도서관에서 일하는 건 물론 어렵겠지만, 좋아하는 마음마저 없이 일한다면 언젠가는 이용자의 눈에 잘 띄지도 않는 "빛바랜 종잇장"이 되고야 만다는 것을 말이다.

세상은 황혼으로 접어들지만 난 계속
얘기를 한다. 내게 힘을 주던 처음처럼
노래하는 목소리로. 흔들리는 현실을
보호하고 미래를 위해 얘기한다.

빔 밴더스, 『베를린 천사의 시』
(영화, 1987)

022

영화 『베를린 천사의 시』에는 베를린 시내를 돌며 사람을 관찰하고 기록하는 두 천사가 나온다. 다미엘과 카시엘은 자신이 수집하고 기록한 인간의 모습을 서로에게 이야기해 주며 시간을 보낸다. 인간과 거리를 두고 관찰하는 것에 만족하는 카시엘과 달리 다미엘은 인간의 감정을 똑같이 느끼고 싶어 하고 급기야 천사의 영원한 시간 대신 인간의 선명하고 유한한 삶을 선택한다.

영화에는 도서관이 세 차례 등장한다. 다미엘과 카시엘은 산책가듯 자연스럽게 도서관에 드나들고 거기서 다른 천사들을 만난다. 사람들은 모두 묵독을 하고 있지만 천사의 귀에는 책을 읽는 소리와 함께 각자의 고민까지 그들의 목소리가 잔잔히 들린다. 도서관의 천사들은 각각 흩어져 사람들 곁에 머물며 이따금 그들의 어깨에 살포시 손을 얹는다. 카시엘은 한 노인을 따라다니면서 그가 길을 잃지 않도록 도와준다. 한때 사람들을 모으는 이야기꾼이었으나 책과 도서관이 생기자 그들로부터 멀어지고, 이제는 세상과도 작별해야 할 시간을 맞은 노인의 독백을 들은 것이다.

영화의 배경이 된 베를린 주립 도서관은 1661년에 설립되어 1701년에 왕립 도서관이었다가 1918년에 국립 도서관으로, 1945년부터 1990년 사이에 독일의 분단과 통일의 과정을 거치면서 현재의 모습을 갖춘 주립 도서관으로 바뀌었다. 이 역사만으로도 그 안에 정말 천사가 살고 있을 것만 같다. 우리의 삶을 바라보고 기록하고 서로에게 들려주고 때로는 어깨에 손을 얹어 주는 천사들이. 언젠가 꼭 가 보고 싶은 도서관이 이렇게 하나 더 생겼다.

세상에 단 하나밖에 없고 무엇으로도
대체할 수 없는 원고가 도서관 화재로
얼마나 많이 소실되었는지 확인하는 것은
결코 간단한 문제가 아니다.

알렉산더 페히만, 『사라진 책들의 도서관』
(문학동네, 2008)

사라진 책을 수집하는 도서관이 있다. 이 도서관은 자료 목록이 채워질수록 점점 비어 간다. 작가 혹은 출판사의 부주의로 세상의 빛을 보지 못했거나, 세상에 드러나는 것이 두려운 누군가의 손에 불탔거나, 오직 상상으로만 쓰인 작품들. 알렉산더 페히만은 사라질 운명에 놓인 작품과 작가의 뒷이야기를 모아 『사라진 책들의 도서관』이라는 이름으로 한 권의 책을 만들었다.

자, 그럼 어떤 책이 사라졌고 어떤 작품이 어둠 속에 묻혀 버렸는지 자세히 들여다볼까 하는 마음으로 서울 도서관에 갔다. 검색대에서 제목을 쳐 보았다. 서가의 위치가 떠야 할 자리에 "보존 서고. 신청 후 이용 가능"이라는 안내가 보였다. 사서에게 물어보았더니 보존 서고의 책은 별도로 신청해야만 볼 수 있으며 지금 신청하면 오후 다섯 시에 받을 수 있다고 했다. 알았다고 하고 그냥 뒤돌아섰다. 문의한 시각이 오후 한 시였으니 책을 보려면 네 시간을 기다려야 했다. 책 보기는 틀렸다는 생각에 아쉬웠지만 도서관에서 시간을 넉넉하게 짜 놓은 것이 왠지 이해되었다. 사서로 일하는 동안 서울 도서관 지하 보존 서고에 들어가 본 적이 있기 때문이다. 커다란 지하 벙커 같이 생긴 그곳에서 이용자의 요청에 따라 매번 책을 찾아오는 건 힘들 테니까.

사라진 책들을 구제하기 위해 만든 이 책은 서점에선 이미 절판 상태였다. 발행된 지 십 년이 넘었으니 그럴 법도 한데 괜스레 책의 운명에 대해 생각하게 된다. 사라진 책은 사라질 수밖에 없는 걸까. 그 책을 붙잡기 위해 쓰인 책도 사라질 위기에 처했으니 말이다. 아무리 도서관 지하 벙커, 아니 보존 서고에서 관리하고 있다고 해도 어떤 한가한 이용자가 몇 시간씩이나 기다려 책을 볼까. 나는 아쉬운 마음을 추슬러 딱히 할 일도 없으니 도서관에 앉아 다섯 시까지 기다리기로 했다.

마침내 첫 문장을 쓰는 순간, 나는
백 년 뒤의 세계를 믿어야 한다. 거기 아직
내가 쓴 것을 읽을 인간들이 살아남아
있을 것이라는 불확실한 가능성을.

「한강 "미래 도서관, 백 년 동안 긴 기도에 가까운
어떤 것"」
(연합뉴스, 2019. 4. 26.)

2014년부터 시작된 미래 도서관 프로젝트는 백 년 동안 매년 한 명의 작가가 미공개 작품을 노르웨이의 오슬로 공공 도서관에 보내면 백 년 뒤인 2114년에 출판하는 공공 예술 사업이다. 작품은 백 년 동안 봉인된 채 보관되고, 책 출간에 쓰이는 종이는 오슬로의 숲에 백 년 동안 심은 나무 천 그루를 이용해 만든다고 한다.

동시대의 작가와 함께 숨 쉬는 장점 중 하나가 그 작가의 책을 바로 읽을 수 있다는 것인데, 한강 작가가 오슬로 공공 도서관에 전달할 그 작품만은 살아 있는 동안 읽을 수 없겠다는 생각에 아쉬움이 밀려왔다. 백 년 뒤면 우린 다 사라져서 누가 읽었는지도 잘 모를 텐데 문예지 같은 데에 몰래 실어서 우리끼리 읽으면 안되나 하는 앙큼한 생각도 해 보았지만 그렇게 되면 이 프로젝트는 근본적으로 실패한 거나 다름없으니 참는다. 백 년 뒤의 독자를 위해.

지금 쓰고 있는 이 책은 남아 있을까? 백 년 뒤의 독자가 읽어줄까? 문득 이런 상상도 해 본다. 나도 없고, 내 주변 사람 중 누구도 없겠지만, 어딘가 지하 벙커 같은 도서관 보존 서고 한구석에 이 책을 위한 작은 자리 하나쯤 마련되어 있기를 바랄 뿐이다. 그러니 나도 한강 작가처럼 백 년 뒤의 세계를 믿으며, 거기 아직 내 글을 읽을 독자가 남아 있을 거라는 불확실한 가능성을 믿으며 이 글을 써야겠다.

추신. 백 년 뒤 독자님께, 오슬로 공공 도서관에 있는 한강 작가님 작품 읽어 보셨어요?

도서관의 자유를 침해당했을 때 우리들은
단결해서 끝까지 자유를 지킨다.

아리카와 히로, 『도서관 전쟁』
(대원씨아이, 2008)

도서관에서 일하는 동안 이 주에 한 회씩 지역 신문에 책을 소개하는 글을 쓴 적이 있다. 원고료는 따로 없었다. 도서관 업무의 연장이었지만 좋아하는 책을 읽고 쓰고 싶은 글을 쓰면 되는, 비교적 자유롭고 재미있는 업무였다. 하지만 완전히 자유로운 건 아니었다. 내가 쓴 글이 검열의 대상이 되기도 했으니까.

검열 사례 1. 부분 삭제

독립 출판물 수집의 필요성에 대한 글을 쓰면서 같은 구의 다른 도서관을 예로 든 적이 있었다. 그 도서관에서는 일찍부터 독립 출판물을 모으고 있었고, 서가를 따로 마련하여 열람과 대출이 가능하도록 했다. 좋은 사례라 여겨져 내용에 담았는데 이를 본 관장이 "다른 도서관 얘기를 하는 건 좀……" 하면서 고개를 저었다. 일단은 알겠다며 결재를 해 주기에 그대로 신문사에 보냈는데 막상 인쇄되어 나온 기사를 보니 그 부분만 삭제돼 있었다. 앞뒤 맥락을 전혀 고려하지 않아 글 전체가 이상해져 버렸지만, 누가 그랬는지 알고 있으니 아무도 탓할 수 없었다.

검열 사례 2. 전체 삭제

같은 구의 다른 공공 기관에서 이십 대 직원이 공금횡령으로 형사 입건된 일이 있었다. 금액이 억 단위로 제법 컸고, 직원이 여러 해에 걸쳐 조금씩 착복한 것으로 보아 감사 기관의 소홀 문제까지 겹쳐 뉴스에도 연일 보도되던 중이었다. 나는 이 사건에 대한 단상을 시작으로 가쿠다 미쓰요의 『종이달』과 미야베 미유키의 『화차』를 소개하는 글을 썼다. "이건 안 돼. 지금 구청장이 이거 때문에 얼마나 골머리를 앓고 있는데……." 이 글은 아예 싣지 않는 것으로 결정 났다. 사실 쓰면서도 왠지 이번에는 결재를 받지 못하겠다는 예감이 들어 미리 하나를 더 써 두기는 했다.

"책이 모두 책꽂이에 있는지 확인하기만 하면 돼요. 이게 장서 목록이에요. 확인하면 새 목록에 연필로 이름과 번호를 써넣고 색인에 표시를 하세요."

존 르 카레, 『추운 나라에서 돌아온 스파이』
(열린책들, 2009)

리머스는 영국 정보부를 떠나 과거를 숨긴 채 도서관 사서 보조로 취직한다. 거기서 처음으로 주어진 업무는 "책이 모두 책꽂이에 있는지 확인"하면 되는, 지금도 각 도서관마다 이 년 혹은 일 년에 한 번씩 하는 '장서 점검'이다. 1960년대 첩보물에서 장서 점검을 발견하다니, 반가움과 함께 주인공이 처한 애처로운 상황이 더욱 애처롭게 느껴졌다.

도서관의 규모에 따라 다르겠지만 책이 제자리에 꽂혀 있는지 확인하는 일은 말처럼 간단하지 않다. 일단 장서 점검을 하려면 공지를 띄운 뒤 휴관을 하거나 휴관일을 기다려야 한다. 사서가 모두 투입되기 때문에 이용자 서비스가 어려우며 도서 대출도 불가능하다. 점검 기간이 정해지면 그 전에 책을 제자리에 꽂는 일부터 해 두어야 한다. 책이 뒤죽박죽 꽂혀 있는 상황에서는 장서 점검을 제대로 할 수 없기 때문이다. 그다음에는 장서 점검기를 들고 다니며 책마다 부착된 전자 태그RFID로 책의 위치와 상태가 정상인지 확인한다. 첨단 장비를 사용하기는 하지만 기계 오작동, 와이파이 수신 불량, 전지 방전 등의 이유로 사람이 하는 일은 과거와 큰 차이가 없다. 한번은 장서 점검을 다 끝낸 줄 알았는데 확인이 안 된 책만 수천 권이 나와서 처음부터 다시 한 적도 있다.

장서 점검기에서 나는 특유의 소리가 있다. 병원의 환자 감시 장치에서 나는 듯한 "삐이, 삐이" 하는 여린 소리인데, 이 소리가 정상 자료를 지날 땐 규칙적으로 나오다가 미등록 자료나 불일치 자료에 근접하면 "삐삐삐삐! 삐삐삐삐!" 하고 다급하게 울린다. 제각각 정해진 구역에서 홀로 점검을 하다가도 이 소리가 들리면 사서는 회심의 미소를 짓는다. 그들은 신호음이 알려 준 위치를 샅샅이 뒤져 오래전에 분실되었던 책을 찾아낸다. 장서 점검의 묘미는 바로 여기에 있다. 장서 점검을 제대로 끝내고 나면 사라진 책이 한가득 돌아와 있다.

작가들 중에는 이런 한탄을 늘어놓는 사람들이 많다. 저자 사인회 중에 누군가 다가와서 "오, 작가님 책은 정말 제 마음에 쏙 들어요. 도서관에서 빌려 본 후 친구들에게도 당장 도서관에 가서 빌려 보라고 말했어요!" 그러면 작가는 이렇게 생각한다. '아니 그렇게 마음에 들면 왜 사서 보지는 않는 거야?'

스티븐 레빗, 스티븐 더브너, 『세상물정의 경제학』
(위즈덤하우스, 2015)

(출판사의 견해와 다를 수 있겠지만) 나는 내 책을 꼭 구입해서 읽지 않아도 된다고 생각한다. 나 역시 읽고 싶은 모든 책을 다 사지 않는데 내 책만 특별히 사 주길 바랄 수는 없지 않은가. 사 두고 해가 바뀌도록 읽지 않은 책을 볼 때마다 마음을 정리한다. '이 책은 앞으로도 읽지 않겠군.' 정리한 책은 중고 서점에 가져가 팔거나 폐지함에 담아 둔다. 그러면서 짐작한다. 누군가 사 간 내 책도 언젠가 이런 운명에 처하게 될 거라고. 그런 면에서 보면 도서관 장서로 등록된 책만큼 노후 보장이 확실한 책도 없다. 책의 주소인 청구 기호가 붙어 있고 주인의 이름과 다름없는 장서인도 쾅쾅 찍혀 있다. 제자리에 없으면 찾아 주고 망가지면 고쳐 주는 사서가 있다. 와, 뿌듯하다.

『세상물정의 경제학』에는 도서관 책과 출판 시장의 상호 관계를 경제학적으로 풀어 본 흥미로운 장이 있다. 사람들이 도서관 책만 계속 빌려 본다면 새 책이 팔리지 않을 거라며 걱정하는 이가 있다. 반대로 당장의 매출이 아닌 장기적인 안목으로 도서관을 지지하는 사람도 있다. 전국의 도서관으로 인해 독서 문화가 확산되면 전체 독서 인구도 늘고 출판 시장도 확장된다는 것이다.

나 또한 후자의 의견에 동의한다. 언제나 갈 수 있는 곳에 책이 있고, 책에 대한 이야기를 누구나 자유롭게 할 수 있는 분위기가 조성되면, 책을 만들고 파는 사람에게도 훨씬 유리한 조건이 생긴다. 무엇보다 '독서 문화 확산'을 위해 사서가 얼마나 이리저리 뛰어다니는지를 안다면, 도서관 책을 빌려 보았다고 나무랄 사람은 아무도 없을 것이다. 아니 빌려서라도 본다면 다행 아닌가?

걱정하지 마. 너에겐 도서관이 있잖아.

유은실, 『우리 마을 도서관에 와 볼래?』
(사계절, 2015)

"어떻게 하면 도서관을 자주 이용할 수 있을까요?" 어느 독자의 질문이었다. 전직이 사서였으니 이런 질문에 익숙할 것 같지만 사실 처음이었다. 나는 언제나 사서의 입장에서 '어떻게 하면 이용자가 도서관을 자주 오게 할까?'만 고민했다. 이 두 가지는 언뜻 비슷하게 보이지만 의문을 갖는 주체가 다르니 전혀 다른 차원의 문제이다. 왜 나는 한 번도 이용자의 처지에서 생각해 보지 못했을까. 도서관에 오고 싶어도 방법을 모르거나 도서관의 존재조차 모르는 사람이 많을 수도 있는데⋯⋯.

　그리하여 사서 경력의 곱절이 넘는 시간 동안 이용자였고, 지금도 도서관 자료실에 앉아 있는 내가 한 답은 다음과 같다. "이것만 기억하세요. 도서관은 항상 열려 있다는 거요. 그리고 생각보다 가까운 곳에 있다는 것을요. 어떤 책은 서점에서 사는 게 훨씬 의미 있고 또 편리하기도 하지만 가령 이럴 때 있지 않나요? 책이 필요한데 서점에서 사긴 좀 그럴 때. 사려고 검색해 보니 품절 혹은 절판일 때. 저처럼 글을 써야 하는데 머릿속에 든 지식이 쌀 한 톨만큼도 없을 때. 여러 책에서 부분부분 발췌만 하고 싶을 때. 월간지나 계간지의 과월호가 궁금할 때. 그냥 일없이 방황하고 싶을 때. 집 근처나 학교 근처, 회사 근처에 마침 도서관이 있을 때. 도서관은 바로 그럴 때 가는 곳이랍니다. 무슨 큰마음을 먹고 대단한 걸 하기 위해 가는 곳이 아니에요. 화장실이 급하거나 목이 마를 때요? 네, 됩니다. 다리가 아파서 쉬고 싶다고요? 물론이죠. 그때에도 근처에 도서관이 있다는 것을 기억하세요. 여러분 모두에게, 개관부터 폐관까지 모든 시간을 허락하는 곳이 바로 도서관입니다. 아, 가기 전에 휴관일은 꼭 확인하세요. 저도 헛걸음 한 적이 많거든요."

사물은 '동작 정지'의 상태로 전시되어
있다. 기능을 멈추고 진열된 물건은 주인을
기다린다. 그중 대략 7할은 주인에게
다시 돌아가고 나머지는 폐기된다.

현시원, 『사물 유람』
(현실문화, 2014)

큐레이터 현시원의『사물 유람』을 유람하듯 읽어 보았다. '붕어빵'부터 '아파트'까지 일상의 여러 사물과 장소를 통해 시간과 소멸에 대한 사유를 담고 있었다. 무엇보다 풍부한 레퍼런스 덕에 책 자체가 내겐 큰 참고 자료였다. 특히 '유실물 보관 센터'의 모습을 담은「에필로그」를 읽고는 오랫동안 멈추어 생각했다.

도서관만큼 동작 정지 상태로 오래 머무르는 공간이 있을까. 그 많은 책은 어떤가. 사물 중에서도 고유의 형태와 위치를 가지고 있어 한 몸처럼 붙어 있는 틈새를 비집고 살점을 꼬집듯이 꺼내지 않는 한 그 자리에서 뿌리라도 내릴 것만 같다. 매일 누군가의 선택에 의해 서가에 꽂히지만 사실 도서관의 책은 보관 센터의 유실물처럼 주인을 찾을 때까지 임시로 맡겨진 것에 불과하다. 책은 모두 누군가에게 읽히기 위해 있는 것이며, 한정된 공간 안에서 폐기 도서로 분류되는 기준도 결국 '얼마나 많은 사람이 이용했느냐'이기 때문이다. 사람들의 관심과 기억에서 멀어진 책은 여기를 떠나 다시 어딘가로 옮겨진다.

더 이상 서가를 차지할 수 없게 된 책을 모아 '이관 도서' 목록에 올리고 나면 그 책은 여기서의 이력을 모두 지우고 새로운 공간에서 새 삶을 살게 된다. 책을 수집할 때만큼 내보낼 때도 신중해야 한다는 것을 사서는 알고 있다. 그것은 사서로서 책의 유람을 돕는 일이고, 사람과 책 사이의 우연과 필연을 만드는 일이니까.

더 이상 농담이 아니에요, 샤프 부인.
어머니는 저희 도서관 책을 갖고 계시지요?
저희에게는 어머니의 아들이 있어요.

톰 스트래턴

By TOM STRATTON

"I'm not kidding around anymore, Mrs. Sharp.
You have our book. We have your son."

도서관의 모습을 풍자한 오래된 카툰이 있다. 오래되어서인지 작가에 대한 정보를 찾기가 어려운데 이 카툰만큼은 온라인 여기저기에서 보인다. 한 도서관 사서가 누군가와 통화를 하고 있고 그 앞에는 어린아이가 의자에 팔과 다리가 묶인 채 통화하는 사서를 쳐다보고 있다. 책을 반납하지 않은 부모에게 아이를 인질로 삼은 사서가 반납을 요구하는 모습이다. 사태가 이 지경까지 된 걸 보면 아이의 부모는 장기 연체자가 틀림없다.

내게도 비슷한 경험이 있다. 연체자인 부모는 도서관에 코빼기도 비치지 않는데 그 아이는 매일같이 도서관에 온다. 아이가 책을 대출하려고 카드를 내밀면 가족 회원으로 묶여 있는 부모의 연체 기록과 "대출 정지"라는 붉은 글씨가 한눈에 보인다. 가족 회원이라고 해도 도서 대출은 연좌제가 성립하지 않아 부모의 상태와 달리 아이만 정상이면 책을 빌릴 수 있다. 그러나 최악의 경우 부모가 아이 카드로 빌린 책을 반납하지 않아 아이까지 연체자가 되고, 결국 일가족 전체가 장기 연체자로 몰락하는 사례도 적지 않다. 아무것도 모르는 성실한 꼬마를 설득하기 위해 "있잖아, 너희 집에 부모님이 도서관에 반납하지 않은 책이 있거든. 그래서 너도 책을 빌릴 수가 없어"라고 말한 적은 또 얼마나 많았는지.

연체도 습관이다. 책은 물론 신용카드 결제 대금 연체도 일상이던 시절이 있었다. 이 둘은 상습적으로 이어지면 사회적으로 신용을 잃는다는 점에서 정확히 같다. 도서관에서 일한 뒤로는 절대로 책(신용카드 대금)을 연체하지 않는다. 연체할 것 같은 책(신용카드 대금)은 빌리지도 않고, 빌려 놓고 반납 기한을 지키지 못할 것 같으면(잔고가 빌 것 같으면) 미리미리 대출 기간을 연장(계좌 이체)한다. 이것 역시 습관의 문제이다. 하나뿐인 내 이름 옆에 신용 불량 낙인이 찍히길 원하지 않는다면 반납 기한일 하루 전에 알려 주는 문자 메시지를 무시하고 넘기지 말자.

(······) 서점도 도서관도 이미 책을 읽는 습관이 있는 사람에게 '이 책의 재미'를 전하는 것은 열심이면서, 아무도 바로 앞에 있는 사람에게 '책이라는 것의 재미'를 전하지는 않습니다.

우치누마 신타로, 『책의 역습』
(하루, 2016)

나를 아는 사람 중에 내가 책을 냈다는 사실을 가장 마지막으로 알게 된 사람이 내 부모님이었다. 심지어 시부모님보다 나중이었다. 별로 중요한 일이라고 생각하지 않았고 말을 꺼내기도 어쩐지 쑥스러웠다. 부모님의 입장에선 집에서 글만 쓰는 자식보다 회사에 다니며 안정적으로 월급을 받는 자식이 더 낫다고 볼 수 있으니 괜한 걱정을 끼치기도 싫었다. 게다가 혼자서 쓰고 만들고 홍보하고 부치는 신기한 독립 출판의 세계를 설명하기가 애매할 것 같았다. 마음을 바꾼 건 결국 부모님에 대한 미안과 나의 아쉬움 때문이었다. 작가가 되겠다고 고집만 피웠지 결과를 제대로 보여 준 적이 없어서 미안했는데, 끝내 아무런 결과를 보여 주지 못하고 헤어지게 된다면 내가 너무 아쉬울 것 같았다. 내가 말했다. "엄마, 내가 서른 넘어서도 작가 되겠다고 취직도 안 하고 방황하고 그랬을 때 엄마가 작가는 마흔이 되어도 할 수 있으니까 그때 하라고 했던 거 기억 나? 나 진짜 마흔에 작가 됐어."

그리고 책을 만들면서 지금까지 있었던 일을 부모님에게 차근차근 설명해 드렸다. 말하고 나니 속이 다 시원해졌고 앞으로 겪게 될 일에 대해서도 터놓고 이야기할 수 있을 것 같았다. 세상에 그런 게 다 있느냐며 내 얘길 들어주신 부모님의 어린아이 같은 얼굴을 잊을 수가 없다. 서점이나 도서관에 잘 가지 않고 책에도 관심 없고 나이도 많은 내 부모님에게는 내가 직접 말씀드리지 않는 이상 어디서도 책에 대해 들을 기회가 없다. 이 사실을 떠올리면 더 늦기 전에 알려 드리길 정말 잘했다는 생각이 든다.

심야 이동도서관은 안에서 훨씬 넓어
보였다. 조명이 어둡고 아늑했다. 오래되어
바싹 말라 버린 종이 냄새가 진동했고
내가 좋아하는 축축한 강아지 냄새가
살며시 풍겼다.

오드리 니페네거, 『심야 이동도서관』
(이숲, 2016)

오드리 니페네거의 『심야 이동도서관』을 처음 만난 곳은 내가 일한 도서관 어린이 자료실이었다. 새로 들어온 어린이 책 중에 끼어 있는 것을 보고 호기심에 펼쳐 보았다가 그 자리에서 끝까지 다 읽었다. 그때 옆에 있는 누군가가 "그거 끝에 너무 무서워요"라고 말했는지, "그거 끝에 너무 슬퍼요"라고 말했는지 기억나지 않는다. 아무튼 이 두 가지 중 하나였는데 가만 되짚어 보면 이 말을 한 사람이 나였는지도 모르겠다. 벌써 일 년이 훨씬 넘은 기억이고 그곳을 떠나온 지도 어느덧 일 년이 다 되어 간다.

무서우면서도 슬픈 감정이 어떤 건지 궁금한 사람은 이 책을 찾아보는 것도 좋겠다. 여러분에게는 어떤지, 무서운 이야기인지 슬픈 이야기인지 나도 참 궁금하니까. 당시에 이 책은 내가 머물고 있는 도서관에 대해 다시 생각하게 해 주었다. 이제는 아주 일상적인 공간이 되었고, 매일 출퇴근하는 사서에게는 간혹 지긋지긋한 공간이기도 했지만, 이 책은 도서관이라는 곳에 맨 처음 왔을 때의 설렘, 호기심, 두려움 같은 것을 상기시켜 주었다.

누가 날 처음으로 거기에 데려갔는지는 모르겠다. 주변을 가득 둘러싸고 있었지만 내 책이 아니라는 생각에 꺼내 보는 게 영 부자연스러웠다. "괜찮아, 읽고 싶은 거 골라서 봐도 돼." 삐거덕 소리가 나지 않게 조심하며 의자에 앉아 책을 펼쳤다. 어떤 책은 만지기만 해도 부스러질 것처럼 낡아 있었고, 어떤 책은 손가락을 다치게 할 것처럼 빳빳했다. 대출하는 방법을 몰랐는지 대출할 수 없는 책이었는지 책을 집에 가져와서 읽은 기억은 없다. 그냥 그 자리에서 다 읽거나 읽다 말았다. 사방이 조용했다. 소리라도 내면 쫓겨날 것 같았다. 숨은 제대로 쉬었을까. 의식의 저편에서 최초의 도서관을 끄집어내 본다면 빛의 밝기나 책의 냄새에 대한 기억은 없는데 그 정적, 청력을 잃은 듯한 고요가 생각난다.

도서관의 사명은 보편적인 시야를 견지하고
인류의 지성에 봉사하는 데에 있다.
그 가치는 개인이나 기업, 정부의 수명보다
훨씬 더 긴 척도로만 잴 수 있다.

서경식, 「'도서관적 시간'을 되찾자」
(한겨레신문, 2019. 5. 2.)

도서관을 그만두고 다시는 도서관에서 일할 수 없을지도 모른다는 생각이 나를 쓸쓸하게 했다. 근무했던 도서관의 뒷담화를 대놓고 해 버렸으니 어느 도서관이 반겨 주겠는가. 모든 도서관이 다 같지는 않겠지만 모든 회사는 결국 다 같은 거 아닌가 하는 암울한 생각도 들었다. 마침 조촐한 사업도 꾸리기 시작한지라 나는 책 만들기를 핑계로 도서관 취업을 보류한 채 시간을 보내고 있었다. 그러던 중에 기회가 찾아왔다. 다시 한 번 도서관에서 일할 수 있는 기회.

친구의 부탁으로 한 달 동안 새로운 도서관에서 일할 수 있었다. 미술관 아카이브 역할을 하는 그곳은 내가 일했던 공공 도서관의 한국십진분류법KDC 대신 듀이십진분류법DDC을 사용했다. 디자인 전문 서적만을 수집했고 주요 이용자 역시 관련 업종 종사자나 전공생이었다. 해외에서 발행한 정기 간행물과 전시 도록이 많아서 마크 작업을 하는 데에 시간이 오래 걸렸지만, 도서는 사서 한 명이 야근 없이 소화할 수 있는 만큼만 새로 들어왔다. 새롭게 배운 것이 많았고, 다양한 이용자를 만났다. 내가 겪은 도서관이라곤 단 한 곳뿐이어서 아쉬웠던 마음이 해소되었다. 무엇보다 부정적인 감정에 사로잡혀 그동안 가져 보지 못했던 다른 여러 도서관과 사람에 대한 기대감이 생겼다.

나의 짧은 경력과 특수한 상황이 내가 아는 도서관의 전부가 되는 일은 원치 않는다. 어딜 가나 똑같다는 말이 발목을 붙잡은 적도 있었지만 떠나 보지 않고는 알 수 없는 것이 있다. 도서관은 내 경험 이전부터 있었고 이후로도 있을 것이다. 그 긴 시간 안에서 편견이나 구속 없이 자유롭기를 원한다. 나도 도서관도.

이용자를 왕처럼 모시진 않겠습니다.

박영숙,『이용자를 왕처럼 모시진 않겠습니다』
(알마, 2014)

『도서관 여행하는 법』 북토크에 저자와 함께 출연해 주었으면 좋겠다는 제안을 받았다. 내가 '전직 사서'이면서 '도서관 책을 낸 저자'이기 때문이다. 사서이면서 도서관 책을 낸 사람은 나 말고도 많은데 하는 주저가 있었지만 거절하기가 미안했다. 담당 편집자는 내가 쓴 여러 권의 책을 읽은 감상까지 꾹꾹 눌러 담아 정성껏 긴 메일을 보내왔다. 쓰는 데 족히 한 시간은 걸렸을 것 같았다. 게다가 그 책들을 읽은 시간까지 포함하면……. 나는 오래 고민하지 않고 바로 답신을 했다.

북토크를 앞두고 편집자로부터 사전 질문을 받았다. 대부분 도서관과 관련된 질문이었다. 쉽게 대답할 수 있는 것도 있었고 어떤 질문은 쉽게 답하면 안 될 것 같기도 했다. 도서관이라는 거대한 유기체이자 다양한 욕망의 집합소에 대해 이야기하려면 내가 과연 무엇에 대해 말할 수 있는지 알아야 했다. 어디에 중심을 두고 말해야 하는지를. 나는 내가 할 수 있는 최선의 답을 하나씩 정리해 나갔다. 그리고 마지막 질문에 이르렀다. "앞으로 도서관이 어떻게 변했으면 하나요?"

나는 이용자로 사는 동안 도서관에 큰 불편을 느끼지 못했다. 도서관은 고맙게도 집이나 학교 근처에 늘 있어 주었다. 나는 거기서 많은 것을 무상으로 누렸고 즐겼고 얻고 배웠다. 도서관에서 일해 보고 싶다는 생각이 든 것도 그래서였다. 지금은 그때보다 훨씬 더 많은 도서관이 생겼다. 시설과 자료 모두 최상인 신생 도서관이 계속해서 세워지고 있다. 앞으로의 도서관에 대한 기대는 더욱 커질 것이고, 그 기대에 부응하는 방식으로 도서관은 점점 나아질 거라고 믿는다. 거기서 더 변해야 한다면, 그걸 내게 묻는다면, 그 안에서 일하는 사람이 좀 더 즐겁고 행복하게 일할 수 있는 곳이었으면 좋겠다는 게 나의 대답이다.

사람들은 우리에게 망각이 없다면
머지않아 세상은 거대한 도서관이
될 것이라고 말한다.

J. M. 쿳시, 『페테르부르크의 대가』
(문학동네, 2018)

독자들이 모인 자리에서 한 출판사 대표로부터 기억나는 '진상' 이용자에 대한 질문을 받았다. 그는 도서관 이용자이면서 지역 도서관의 운영 위원으로도 활동하고 있었다. 내가 알고 있는 도서관 운영 위원이라면, 사서보다 도서관에 더 관심이 많고 더 활동적이며 독서와 토론을 일삼는 아주 특별한 '이용자'다. 이용자에게 '진상' 이용자에 대해 말해야 한다는 부담이 있었지만 분위기를 띄워 보려는 시도인 것 같아 그에 맞게 가볍게 대답하려 했다. 그런데 대답을 하려고 보니 머릿속이 까맸다. 아무것도 생각나지 않는 것이다. 그 많던 문제 이용자는 다 어디로 갔을까?

아마도 그때그때 잊어버리려고 노력한 결과가 지금 나타난 건지도 모른다. 도서관에서 일하면서 느끼는 안 좋은 감정은 그날 하루를 넘기지 않으려고 애썼다. 퇴근하는 순간 잊어버리자고. 그게 말처럼 쉽지 않아서 훼손된 마음이 다 추슬러질 때까지 퇴근을 미룬 적도 많았다. 하지만 곰곰이 생각해 보면 그게 다 이용자 때문이었나 싶기도 하다. 지금은 이용자 덕분에 마음이 풀렸던 기억만 떠오를 뿐이다. "무슨 일 있으세요?", "눈이 빨개요", "힘들어 보여요." 내게 고함을 치던 이용자의 얼굴은 잊었는데, 그 뒤에 서 있다가 가만히 다가와 "이상한 사람 참 많죠?"라며 웃어 주던 이용자의 얼굴은 지금도 기억난다.

시간이 지나 미화된 기억일까. 과거로부터 멀어질수록 희한하게도 나한테 잘해 주었던 이용자, 받은 게 더 많아서 고맙고 그래서 이렇게 떠나온 게 미안한 이용자가 더 많이 생각난다. 인생의 다른 일과 마찬가지로 결국 남는 건 좋았던 기억, 좋은 사람과의 추억인가 보다. 그러니 지금 눈앞의 일 때문에 너무 힘들어하거나 슬퍼하지 말기를. 인간의 망각의 힘을 믿어 보기를.

원래 책은 읽으면 읽을수록 좋아지죠.
좋은 책은 만질수록 좋아지는데, 나쁜 책은
더 나빠지지 않고 그대로 꽂혀 있어요.

퍼시 애들론, 『연어알』

(영화, 1991)

한 지역 도서관에서 북페이백 서비스를 시행한다는 기사를 보았다. 이용자가 필요한 책을 지역 서점에서 사서 읽은 뒤 30일 이내에 반납하면 서점에서 이 책을 도서관에 납품하고 이용자에게는 책값을 환불해 주는 서비스이다. 도서관에 희망 도서를 신청해 놓고 도착할 때까지 기다리는 게 아니라 보고 싶은 책을 서점에서 사서 바로 읽고 도서관에 되파는 방식이다. 좋은 아이디어라는 생각이 들면서 입으로는 "사서가 힘들겠네"라는 말이 반사적으로 튀어나왔다. 도서관에서 새로운 서비스를 시작한다는 소식만 들으면 고질적으로 나타나는 증세였다. 그 아이디어를 내고 시행하기까지 얼마나 고생했을까. 시행하고 나면 또 얼마나 고생할까. 모든 진행 과정을 시시때때 관리해야지, 지역 서점과 소통해야지, 한두 서점에 일괄 지급했던 도서 대금을 일일이 쪼개서 각 지역 서점에 환급해야지. 아휴, 또 뭐냐……. 아직 시행도 하기 전인 서비스에 토를 달고 있는 내게 남편이 한마디 했다. "그래도 그런 서비스가 있으면 책을 안 사던 사람도 한 번은 사 보게 되잖아."

아차 싶었다. 나는 남편의 말을 오래도록 음미했다. 책을 안 보던 사람이 이 서비스로 한 권이라도 보게 된다면 그건 이용자에게 좋은 일이고, 책을 안 사던 사람이 이 서비스로 한 권의 책을 산다면 그건 지역 서점에 좋은 일이고, 이 좋은 일을 도서관이 앞장서서 하겠다는데 나는 늘어날 사서의 업무만 걱정하고 있다니 이 무슨 오지랖인가. 걱정을 정말 '사서' 하고 있었다.

새로운 업무가 주어졌으니 담당자는 힘들 수도 있다. 해 보지 않았던 일에 예상도 못한 변수가 나타날지도 모른다. 하지만 그런 이유로 누군가 책을 만날 수 있는 기회를 막아 버리는 것은 어느 도서관에서도 원하지 않을 것이다. 어느 사서도. 도서관의 본래 목적에 맞는 좋은 의도의 서비스인 만큼 책과 사람 그리고 지역 서점이 선순환하는 좋은 사례가 되길 기대한다.

미로가 난처한 것은 내가 선택한 길이
옳은지 옳지 않은지 끝까지 가 보지
않고서는 알 수 없다는 점이다.

무라카미 하루키,『이상한 도서관』
(문학사상사, 2014)

"책 많이 팔려요?"라는 질문에 "먹고살 만해요"라고 대답해 놓고 살짝 후회하는 중이다. 너무 호기로웠나? 먹고살 만하다는 걸 잘 팔린다는 뜻으로 오해하려나? 나는 먹기도 조금 먹고 돈도 잘 안 쓰니까 진짜 '굶지 않고 숨 쉬고 살 만하다' 이런 뜻인데…… 말해 놓고 후회하지 말고 앞으로 이런 질문을 대비해 적절한 답을 미리 궁리해 두려 했지만 다른 말이 떠오르지 않았다. 잘 팔리는 것도 아니고 안 팔리는 것도 아니고 적당히 팔린다? 그렇다면 적당하다는 건 어느 정도를 말할까? 아무래도 '먹고살 만하다'를 대신할 말이 없는 것 같다.

 먹고살 수조차 없게 된다면 아마 나는 더 이상 이 일을 지속하기 힘들 것이다. 내가 더 이상 글을 쓰지 못한다면, 글을 써도 사람들이 읽어 주지 않는다면, 당장 다음 번 책을 제작할 돈이 없다면 못 하는 거다. 하지만 이건 내가 할 수 있는 가장 어두운 상상일 뿐 앞으로 어떻게 될지는 아무도 모른다. 나는 어쩌면 내가 쓸 수 있는 것 이상의 글을 쓸지도 모르고, 그 글을 사람들이 계속해서 읽어 줄지도 모르고, 운이 좋게도 통장에는 늘 다음 번 책을 제작할 만큼의 잔액이 남아 있을지도 모른다. 이건 내가 할 수 있는 가장 밝은 상상.

 길의 끝을 알고 걷는 사람이 얼마나 될까. 끝을 알면서도 선택할 수 있는 사람은 또 얼마나 될까. 어둡거나 밝은 상상을 가로지르며 걸어 나가는 동안 내가 믿을 만한 이정표는 이제 하나뿐이다. 그동안 내가 만났던 책이여, 내게 좋은 영향을 주고 살아가는 데 큰 힘이 되어 준 저자여, 이 미로 같은 세상, 이제 당신들만 믿고 갑니다.

질문의 답을 찾는 방법이 인터넷 단 하나만 있는 세상이 오진 않았으면 좋겠다.

임윤희, 『도서관 여행하는 법』
(유유, 2019)

불필요하게 복잡하거나 번거롭고 귀찮은 과정을 싫어하는 나는 가장 빠르고 편리하게 해결할 방법이 있다면 그 방법을 택하는 편이다. 대부분의 시간을 글을 쓰는 데에 할애하기 위한 나름의 배분이다. 그러나 사람 일이 늘 계획대로 되는 게 아니고, 빠르고 편리하게 해결하려는 마음과 달리 몸은 둔하고 머리도 나쁜 편이라 늘 헛걸음에 허탕을 치기 일쑤다. 그런 실수를 여러 번 겪고 나서는 뭘 빠르게 해결하겠다는 마음을 아예 버렸다. 머릿속으로 복잡한 시뮬레이션을 계속해서 돌려 보고, 그 과정 중에 필요한 것을 하나하나 확인하며 연습한다. 그리고 기록한다. 답을 구하기 위한 모든 과정이 결국 내가 세상을 사는 동안 얻을 수 있는 의미의 전부라는 것을 이제는 안다.

사서 교육원 시절에 배운, 두고두고 명심하라던 한 교수님의 말씀이 있다. "선무당이 사람 잡아요. 여러분, 절대로 선무당이 되지 마세요. 어설프게 아는 게 모르는 것만 못합니다." 다른 어떤 가르침보다도 가슴에 꽂힌 말이었다. 사서는 단순히 책이 아니라 그 안에 들어 있는 지식과 정보를 다루는 직업이라는 사실을 일깨워 주면서, 누군가 질문했을 때 인터넷에서 손쉽게 제공하는 방식으로 대답해서는 안 된다는 점을 알려 주었다.

질문의 답을 찾는 데에 인터넷 검색은 시간을 절약해 줄 수도 있지만 언제나 그렇지는 않다. 정보의 출처가 제각각이라 누가 맞는지 알 수가 없다. 발췌된 문장이 원문과 동일한지, 오탈자가 없는지도 불확실하다. 정확성과 디테일을 무시한 채 적당히 만족하고 넘어갔다가 어쩌면 평생 잘못된 사실을 진짜라고 믿으며 살아가게 될지도 모른다. 그걸 누군가에게 아무렇지 않게 전파할지도 모른다. 여러분이라면 여기서 멈추겠는가, 도서관으로 향하겠는가.

누군가의 집 책장에 꽂힌 책들은
그 사람만의 것이지만, 도서관에 있는
책들에게는 꿈이 있습니다.

요시타케 신스케, 『있으려나 서점』
(온다, 2018)

스트레칭 하기 좋은 장소를 찾았다. 허리를 곧추세우고 고개를 들어 척추를 바르게 하고 머리를 상하좌우로 움직이는 동안에도 시선은 서가를 향해 있다. 책등의 제목을 훑으며 아는 책, 모르는 책, 읽고 싶은 책을 일별하고 지나간다. 위를 보든 아래를 보든, 왼쪽이든 오른쪽이든, 어디에든 책이 보인다. 목운동을 하다가 발견한 책, 팔을 휘젓다가 발견한 책, 허리를 돌리다가 발견한 책의 목록을 만들어 볼까? 요시타케 신스케 식 '있으려나 도서관'에 등장할 법한 재미있는 목록이 될 것 같다.

도서관의 좋은 점은 바로 이거다. 운명의 책을 발견하기 위해 기를 쓰고 헤집지 않아도 우연한 만남이 언제든 기다리고 있다. 책방 주인, 서점 상품기획자MD, 출판사 마케터 같은 중개인 없이 내가 직접 만나는 나만의 책은 얼마나 애틋하고 특별한가. 게다가 서가 사이를 천천히 걸으며 스트레칭을 하다 보면 어느새 통증도 완화되고 덩달아 울적했던 기분도 나아진다. 도서관에서 일하는 동안에는 다리가 붓고 목과 허리가 아파도 달리 갈 곳이 없어서 서가 사이를 산책했는데, 이제는 아플 때 생각나는 곳이 도서관 서가가 되었다.

서가에 꽂힌 책도 마찬가지일 것이다. 발이 없으니 먼저 찾아가지 못할 뿐 책도 사람을 기다린다. 나에게 꼭 맞는 책을 만나고 싶고, 책을 통해 삶이 조금이라도 변화하기를 바라는 우리의 꿈이 있듯 책도 그렇다. 그걸 어떻게 아느냐고? 그렇게 되기를 바라는 이의 마음과 행동이 모여 결국 그 책이 된 거니까.

아동도서도 도서관에서 체계적으로
폐기되었다. 이제는 오직 오디오테이프와
레코드를 통해서만 어린아이들의
목소리를 들을 수 있고, 영화나 TV
프로그램에서만 밝게 뛰노는 어린아이들의
모습을 볼 수 있다.

P. D. 제임스, 『사람의 아이들』
(아작, 2019)

어린이 자료실에서 수업 프로그램이 진행되던 중이었다. 인근 고등학교 학생들이 주말마다 찾아와 영어 뮤지컬 수업을 해 주는 프로그램이었는데 이번 작품은 『맘마미아』였다. 이전에도 『캣 츠』, 『레미제라블』, 『사운드 오브 뮤직』과 같은 명작을 아이들 눈높이에 맞게 각색해서 연습시키고 멋진 공연까지 이끌어 주었 던 학생들이었기에 믿고 맡겼다. 뮤지컬 수업이 있는 주말의 도서 관은 다른 날보다 시끄럽지만 귀에 익은 멜로디가 아이들의 목소 리로 울려 퍼지기 시작하면 누구라도 멈춰 서서 노래가 들리는 곳 으로 시선을 돌렸다. 그날도 오합지졸 꼬마 합창단에게서 아바의 「댄싱 퀸」이 흘러나오자 데스크에 앉아 있던 나는 하마터면 눈물 을 쏟을 뻔했다. 마음속의 뭔가가 건드려진 느낌이었다. 이 소리 를 들은 이용자에게도 같은 감정이 전해졌으면 하고 바랐다.

도서관은 조용히 책을 읽거나 공부하는 곳이기도 하지만, 근처 에 사는 지역 어린이에게는 유일한 놀 거리와 할 거리가 있는 곳 이기도 하다. 도서관에 오면 책도 있고 친구도 있고 선생님도 있 다. 정기 프로그램은 매번 접수 시작이 무섭게 마감되었다. 퍼즐 맞추기나 숨은그림찾기, 색칠공부, 종이접기 등 재료만 준비해 놓으면 아이들은 스스로 방법을 찾아가며 놀았다.

P. D. 제임스의 1992년작 『사람의 아이들』은 2021년의 미래를 아이들이 존재하지 않는 불임의 세상으로 묘사했다. 절망과 우울, 분노와 테러만이 포진해 있는 땅에서 아이들은 생명을 부지할 수 없었을뿐더러 태어나는 것조차 불가능해졌다. 아이들의 책이 폐 기되는 도서관의 모습은 상상할 수 있는 모든 가능성을 와르르 무 너뜨린다는 점에서 매우 상징적이다. 이 불가능한 세상을 뒤바꿀 수 있는 방법은 단 하나, 다시 아이들이 살아서 뛰어다니게 해야 한다. 도서관에는 어린이 책이 가득해야 하고, 아이들의 노랫소 리가 계속해서 울려 퍼져야 한다.

나는 우선 시간을 주시면 문제점을 찾아 앞으로 발전해 나갈 방법을 찾아보겠다고 말씀드렸다. 그리고 회장님께 일반 사업과는 달리 도서관은 밑 없는 항아리와 같아서 부어도 부어도 물이 끝없이 들어만 가는 곳이라 설명하였더니 사업하시는 분의 상식으로는 이해가 되지 않는 모양이었다.

이봉순, 『도서관 할머니 이야기』
(이화여자대학교출판부, 2001)

도서관을 운영하면서 수익이 나길 바란다면, 그는 도서관을 운영하기에 가장 부적절한 사람이다. 도서관 건물과 주변 시설, 사서와 이용자는 수익을 창출하는 요소로부터 가장 먼 곳에 있다. 투입에 대한 결과는 한 세대가 지나도록 나타나지 않을 수도 있고, 나타난다고 해도 눈에 잘 보이지 않는다. 그럼에도 계속해서 새로운 것을 투입해야만 제 역할을 한다. 참을성과 인내심은 한없이 부족하면서 사업가 마인드가 투철한 것만을 자랑으로 여긴다면 도서관 운영을 심각하게 재고해 보기를 권한다.

　도서관에서 일하는 동안 가장 적응하기 어려웠던 건 자치구의 여러 도서관이 한자리에 모여서 진행하는 사업 보고였다. 어떤 사업에 선정되었고 얼마의 사업비를 받았는지가 그 도서관의 역량이자 기관장의 능력이었다. 총수익을 크고 굵은 서체로 화면에 띄우면, 이를 본 대표이사는 흐뭇해하며 전 직원에게 박수를 유도한다. 수십 명의 직원이 다 함께 박수를 치는 이 장면의 이면에는 어떻게든 사업비 목표를 달성해야 한다는 기관장의 압박과 이를 책임지고 수행해야 하는 담당 사서의 불안이 공존한다.

　물론 수익은 모두 관련 사업에 사용되고 이를 통해 다양한 프로그램을 예산 걱정 없이 진행할 수 있으니 도서관에도 지역 주민에게도 좋은 일이기는 하다. 또한 외부 기관과의 협력을 요구하는 공모 사업은 도서관의 역할과 활동 범위를 넓히는 기회가 되기도 한다. 그렇다고 해도 이런 의문은 여전히 남아 있다. 애초에 자치구에서 받는 예산이 어느 정도이기에 이렇듯 도서관마다 공모 사업에 목을 매게 되는 걸까. 예산이 있기는 한 걸까.

건물을 짓는 데는 아낌없이 돈을 쓰면서
도서 구입비는 쥐꼬리만큼 책정한다.
그래서 공공 도서관들까지도 왕왕
출판사에 편지를 보내 양서를 기증해
달라고 요청한다. 이처럼 도서관이
빈약한 나라에서 노벨상을 받는 과학자가
나온다면, 그게 오히려 이상한 일이
될 것이다.

유시민,『후불제 민주주의』
(돌베개, 2009)

'민주주의는 피를 마시고 자라는 나무'라는 말이 있다. 민주주의를 얻기 위해서는 반드시 누군가의 희생이 선행되어야 한다는 뜻이다. 안타까운 말이지만 지난 역사가 보여 준 모습 그대로다. 여기서 착안한 유시민 작가는 과연 우리에게 주어진 민주주의에 충분한 대가가 치러졌는지 되물으며 '후불제 민주주의'를 이야기한다. 제대로 된 지불 없이 주어진 민주주의라면 언젠가는 그 값을 톡톡히 치러야 한다고 말이다.

물론 우리나라도 지금의 자유를 거저 얻은 것은 아니다. 역사적인 자료와 증언이 이를 뒷받침하고 있으며 각종 매체를 통해 우리 역사를 재조명하는 노력도 끊임없이 지속되고 있다. 국가의 억압과 불공정한 태도에 시민이 분연히 일어섰고, 이제 우리는 그것을 당연하게 여기는 시공간에 살고 있다. 문제는 이 거대한 의식의 전환이 시민 생활 곳곳에 스며 있느냐 하는 것이다. 일상을 살아갈 시민의 성찰과 책임 의식 없는 민주주의라면 반드시 그 대가를 요구받을 날이 올 것이다.

유시민 작가는 『후불제 민주주의』에서 지역 도서관의 역할과 중요성을 피력한다. 재능이 입증된 소수의 과학자에게만 연구비를 몰아줄 게 아니라 지적 호기심이 왕성한 아이들 누구나 책을 읽을 수 있는 도서관을 더 많이 지어야 한다고, 눈에 보이는 건물에만 신경 쓰지 말고 좋은 장서를 사 모으는 데에 더 많은 관심과 예산을 투자해야 한다고 주장한다. 정당한 대가를 먼저 지불하고 그에 따른 결과를 기다리는 선불제 민주주의. 이를 실현시킬 수 있는 방법 하나가 도서관에 있었다.

"저게 탐지기예요?"

"그렇단다."

"그런데 왜 경보음이 안 울리고 빨간불이
안 켜졌어요?"

"내가 탐지기 주인이니까. 내가 원할 때만
작동이 되거든."

알프레도 고메스 세르다, 『도서관을 훔친 아이』
(풀빛미디어, 2018)

콜롬비아의 작은 산동네에 사는 카밀로. 아버지는 폭력을 일삼는 알코올중독자이고, 카밀로는 학교에 다니는 대신 돈을 벌어야 한다. 어느 날 마을에 커다란 도서관이 지어지고 카밀로는 도서관을 드나들며 책을 훔치기 시작한다. 이를 발견한 사서는 도난 방지를 위해 설치해 둔 탐지기를 끄고 카밀로에게 다른 책을 권하며 넌지시 말을 건다.

작품에 등장하는 도서관은 실제로 콜롬비아 메데인에 지어진 공공 도서관이다. 작고 낡은 판잣집이 빼곡하게 붙어 있는 산중턱에 커다란 바위처럼 우뚝 솟은 도서관은 책 속 그림과 실제 모습이 거의 완벽하게 일치한다. 스페인 작가 알프레도 고메스 세르다는 메데인을 직접 방문한 뒤 영감을 받았고, 도서관을 통해 한 소년의 세계가 어떻게 확장되어 가는지를 섬세하게 그려 냈다.

여러 가지 이유로 문화의 혜택을 받지 못하고 필요한 정보로부터 멀리 떨어져 있는 사람에게 도서관은 책을 보는 곳 이상의 역할을 한다. 영화와 음악을 즐길 수도 있고, 인터넷이 연결된 컴퓨터로 세계 곳곳을 누빌 수도 있다. 일을 구하기 위한 각종 자료를 얻을 수도 있으며, 다양한 사람을 만나 이야기를 나눌 수도 있다. 도서관은 세상을 보는 창이고 세상으로 나가는 문이다. 이 모든 것을 어떤 이는 손가락 하나로 앉은자리에서 뚝딱할 수 있지만, 이 세상에는 그런 삶이 있는지조차 모르고 사는 사람이 더 많다. 도서관은 세상 모든 사람의 균등한 기회이자 기반이다. 이것이 이 불균등한 세상에서 도서관을 더 많이 짓고 더 많이 알려야 하는 이유이다.

"그때 도서관에서 그 책을 읽던 순간,
우주의 방대한 규모가 제 눈앞에
펼쳐졌습니다. 거기에는 뭔가 아름다운
것이 있었습니다."

칼 세이건, 『칼 세이건의 말』
(마음산책, 2016)

내 인생에서 코스모스cosmos를 발견한 순간은 지금까지 세 차례 찾아왔다. 그 경험은 우연찮게도 모두 도서관과 관련이 있다. 첫 번째는 도서관에서 칼 세이건의 『코스모스』를 발견했을 때였고, 두 번째는 도서관 사서가 되기 위해 한국십진분류표를 머릿속에 집어넣을 때였다. 총류인 '000'부터 역사인 '900'까지 총 열 개의 대주제 아래로 각각 아홉 개씩 이어진 주제 분류와 번호를 외워야 했는데, 사서 교육원 수업 중에는 이 표를 전부 외워서 쓰는 게 시험인 과목이 있었다. 이것만 다 외우면 한 과목만큼은 만점을 받을 수 있어 기를 쓰고 외웠다. 시험 시간에 담당 교수님은 정말로 A3 크기의 빈 시험지만 나눠 주었다. 한 시간 동안 내가 종이 위에 작성한 건 단순한 답안이 아니었다. 그건 우주를 구성하는 모든 학문의 집합, 즉 코스모스였다.

세 번째는 마침내 사서가 되어 도서관에서 책을 정리할 때 찾아왔다. 우리 집 서재가 혼돈의 카오스라면 도서관은 규칙과 체계가 잡힌 코스모스다. 새로운 책을 정리해서 서가에 꽂을 때에도, 원래 있던 책을 서가에서 뺄 때에도 한 치의 흐트러짐이 없어야 한다. 가끔은 내가 정리하고도 이 정확과 오차 없음에 스스로 감탄하게 된다. 책을 정리하기 위해 서가를 종횡무진 헤매다 보면 어느 순간 우주의 거대한 질서 한가운데 서 있는 기분이 든다. 나는 그것을 그대로 유지할 수도, 완전히 뒤바꿔 버릴 수도 있다. 책 한 권 차이로.

누구든 책에 밑줄을 긋는 자는 하나의
질문과 대면하게 된다. "왜 하필 그 문장에
밑줄을 그었는가." 참으로 심플하고도
당연한 질문이지만 막상 답을 하기는 쉽지
않다. 그것은 '왜 살아가느냐/사랑하느냐'에
맞먹을 정도로 한없이 존재론적인
질문이니까.

금정연, 『서서비행』
(마티, 2012)

도서관 사서를 힘들게 하는 것 중 하나가 바로 누군가 책에 그어 놓은 밑줄이다. 데스크에 앉아 하루 종일 그 밑줄을 지운 적도 있었다. 한번은 외부 반납함에 반납된 책을 처리하던 중에 낙서 도서를 발견했다. 도서관에 들어온 지 얼마 되지 않은 새 책이었는데도 밑줄과 메모가 가득했다. 게다가 연필과 볼펜을 섞어 써 놓아서 도저히 복구가 안 될 지경이었다. 책의 대출 이력을 확인해 보니 희망 도서로 신청한 이용자가 대출한 것이었고 지금껏 이 책을 대출한 이용자도 그 한 명뿐이었다. 오래된 책에도 낙서를 해서는 안 되겠지만 새로 신청한 책을 빌려 가서는 자기 책처럼 다루다가 헌책을 만들어서 반납하다니! 이용자에게 전화를 했다. 아니나 다를까 읽다 보니 자기 책인 줄 알고 밑줄을 그었다는 괴상한 답변이 돌아왔다. 며칠 후 이용자는 새 책으로 변상했고, 헌책은 낙서의 주인에게 돌아갔다.

도서관에 들어온 새 책의 밑줄은 독자의 윤리 의식을 의심하게 하지만 간혹 기증받은 책에서도 밑줄을 발견할 때가 있다. 도서관에 오기 전까지는 개인의 책이었으니 있을 만한 밑줄이고 책장을 넘기다 어쩌다 가끔 발견될 정도로 드물기는 하다. 그런 밑줄을 보면 책도 작가도 아닌 독자에 대해 생각하게 된다. 책만 읽는 게 아니라 그 책을 읽은 사람의 마음도 읽어 버린 기분. 밑줄의 모양도 위치도 다 다르지만 공통적으로는 문장과의 접선接線 아닌가. '누군가 여기서 무언가를 만났다', '여기에 뭔가가 숨겨져 있다.' 이런 생각으로 밑줄을 찾아 읽어 나간 적도 있었다. 하지만 밑줄이 제 빛을 발하는 순간은 역시 밑줄을 그은 당사자가 몇 년 뒤 다시 그 밑줄을 만날 때이다. 밑줄을 긋고 다시 만나기까지 많은 시간이 흐를수록, 경험이 쌓일수록 밑줄은 다르게 빛난다. 그러니 부디 밑줄은 본인 책에만.

내가 도서관에서 대출한 책 뒷페이지에
연필로 적힌 글:
"우리 관계를 지속하고 싶다는 네 기분은
알겠어. 하지만 내 삶은 벌써 다른 방향으로
움직이고 있어. 나는 다른 계획이 있고,
내 입장에서는 우리 관계를 지속할 동기가
없어."

데이비드 실즈, 『문학은 어떻게 내 삶을 구했는가』
(책세상, 2014)

십수 년 전 어느 헌책방에서 보았던 풍경이다. 테이블에 오래된 사진과 낡은 쪽지가 전시되어 있었다. 쪽지에는 작은 글씨가 빼곡하게 적혀 있었다. 어떤 것은 봉투에 담긴 채 보내는 사람과 받는 사람의 이름만 적혀 있기도 했다. "기증된 헌책 속에 끼워져 있던 소중한 추억들입니다. 주인이 계시면 찾아가세요." 안내문을 읽고 나서 물건들을 다시 살펴보았다. 1980년대 날짜가 찍힌 필름 사진 속 사람들의 모습을 보자 내가 다 안타까웠다. 주인이 꼭 찾아갔으면 좋겠는데, 이 쪽지를 오랜만에 본다면 정말 반가워할 텐데…….

생각할수록 책이란 물건은 참 요긴하다. 그 자체만으로도 완벽한 목적과 용도를 지니고 있지만 다른 물건을 저장하는 장소로도 탁월하다. 사진이나 쪽지, 가끔은 돈이나 영수증도. 온갖 소지품이 달그락거리는 가방 안이라도 책 한 권만 있으면 구김 없이 보관할 수 있다. 급하면 메모지 대용으로 쓰이기도 한다. 예전에는 책을 읽다가 떠오르는 문장이나 이야기가 있으면 그 책에 바로 적어 나갔다. 다른 공책을 찾느라 생각이 날아가 버릴까 봐 서둘렀다. 하지만 중요한 메모일수록 절대로 그렇게 해서는 안 된다는 걸 깨달았다. 적어 둔 책과 쪽수를 잊어버리기 일쑤였고, 훗날 메모를 발견할 땐 이미 유효 기간이 지나 있었다. 그리고 가장 중요한 이유 하나. 그 책이 지금은 내 책장에 꽂혀 있지만 앞으로의 행로는 누구도 단정할 수 없기 때문이다. 내 손을 떠나는 순간 깨끗하게 폐기된다면 운이 좋은 거고, 그렇지 않은 경우 마을 도서관에 꽂혀 집집마다 돌아다니는 신세를 면치 못할지도 모른다. 그러니 본인 책에도 낙서는 조심합시다.

"간단하게 말해서, 가장 좋은 건
경험이라네. 난 자네가 도서관에 끊임없이
드나들면서 경험을 얻을 수는 없을
거라고 말하지 않겠네. 하지만 도서관보다
실제 경험이 더 중요하다네."

로베르토 볼라뇨, 『2666』
(열린책들, 2013)

독립 출판을 하면서 대형 서점은 유일하게 온라인 서점 한 곳과 거래하고 있다. 배본사 없이 직거래가 가능했고 입고 요청이 들어오면 동네 서점처럼 택배로 부치면 되었다. 책을 집에 쌓아 두고 있다가 주문이 들어오는 대로 보내야 하는 나 같은 소규모 출판업자에겐 다행인 조건이었다. 도서관 납품이 용이하다는 장점도 있다. 요즘은 도서관에서 지역 상권을 돕기 위해 동네 서점의 책을 직접 구매하여 수집하기도 하지만 대다수 도서관은 여전히 마크 작업까지 가능한 대형 유통 전문업체와 거래하고 있다. 내 책이 여러 도서관에 비치되길 바라는 나로선 대형 유통망을 보유한 서점이 한 곳은 필요했다.

대형 서점은 동네 서점과 다른 점이 많다. 거래 계약서를 쓰고 서명을 교환했지만 대형 서점의 사장을 직접 만난 적은 한 번도 없다. 주문 수량은 지난 일주일간의 판매량을 기준으로 자동 계산하여 시스템이 알려 준다. 신규 거래 담당자와 서지 정보 담당자, 주제별 분야 담당 엠디가 다 다른 사람이다. 문의가 있으면 잘 생각해서 어디에 연락할지를 정해야 한다. 정산과 계산서 관련 문의도 다 다른 사람이 받는다. 정해진 기간 안에 금액에 맞게 계산서를 발행해 주면 정산 날짜에 맞춰 정확한 액수가 입금되고 문제가 생기면 연락이 온다.

이 모든 것은 내가 독립 출판을 시작하면서 새롭게 경험한 것이다. 출판 등록을 한 지 어느덧 일 년이 되어 가는데 아직도 처음인 것이 많다. 대부분 눈앞에 닥쳐서야 배운다. 충돌과 실수로 배운다. 누군가에게 미안해하며 배우고, 나 자신을 다그치며 배운다. 여전히 책과 관련된 일을 한다고는 하지만, 그동안 도서관에 앉아 읽고 쓴 것의 소용을 무색하게 하는 것과 날마다 고군분투하며 살아가고 있다.

그제야 나는 다른 사람들의 삶에 눈길을
돌릴 수 있었다. 고요하고도 적막하던
3학년 시절, 도서관에서 내가 들여다본
1930년대 잡지 영인본이란 바로 그런
뜻이었다. 나는 세상에 둘도 없는
유일무이한 존재라고 믿었는데, 그만
1930년대 잡지 영인본을 들여다보다가
세상에는 나와 같은 사람이 무수히
많았다는 걸 깨닫게 된 것이다.

김연수, 『청춘의 문장들』
(마음산책, 2004)

김연수 작가는 고요하고 적막했던 대학 3학년 시절, 도서관에서 1930년대 잡지 영인본을 읽으며 웃고 울다가 문득 깨닫는다. 세상에는 자신과 같은 사람이 무수히 많다는 것을. 자신의 한계를 벗어나 타인의 삶에 시선이 닿기 시작한 첫 순간이었다. 고개를 끄덕이며 도서관에 앉아 작가의 문장 옆에 나란히 내 문장을 적어 나가던 2004년의 나도 대학 3학년이었다. 얼마 전에 『청춘의 문장들』 출간 15주년 특별판이 나왔다는 소식을 들었다. 벌써 15년이나 흘렀다는 사실에 놀라는 것도 잠시, 서가를 뒤져 예전의 책을 찾아보았다. 타인의 삶에 눈길을 주기 시작한 우리의 첫 순간이 그 안에 있었다.

　내 개인사 어디서도 책을 좋아하게 된 특별한 이유 같은 건 없다. 부모님은 내가 어릴 때부터 책을 좋아해서 친척 집에 가서도 늘 혼자 책만 읽었다고 하시는데, 사실은 사촌들에게 먼저 다가가지 못하는 내성적인 성격이었던 것뿐, 장난치고 노는 걸 좋아하는 건 여느 아이들과 다르지 않았다. 그때의 책은 낯을 가리지 않아도 되는 유일한 타인이었고, 아마도 그래서 편하고 가깝게 생각했던 것 같다. 하지만 책을 '더' 좋아하게 된 계기는 분명히 있었다. 내가 느끼는 고독, 상실, 절망이 나 혼자만의 것이 아니라고, 그러니 너무 쓸쓸해할 필요 없다고 책 속의 무수한 타인이 말해 준 순간이 존재하듯이.

'무인도에 간다면 어떤 책을 가져갈 것입니까?' 난 항상 이런 질문이 좀 어리석다고 생각하네. 말도 안 되기 때문이지. 그러나 그 질문을 거꾸로 한다면, 아주 중요한 질문이 되네. 이를테면 어떤 책이 없애기에 가장 손쉬울까?

아멜리 노통브, 『불쏘시개』
(열린책들, 2014)

무인도에 꼭 가져가고 싶은 책 중 하나가 『성서』였다. 교회를 열심히 다녔던 때의 생각이기도 했고, 『성서』라면 세상의 모든 이야기가 다 들어 있으니 다른 책은 필요 없다고 생각했다. 두꺼워서 다 읽는 데에도 오래 걸리고, 만약 다 읽는다면 그다음엔 필사를 하는 것도 의미가 있겠다고 생각했다. 위험한 순간이나 최후의 순간을 맞이할 때 정신적인 버팀목이 되어 줄 것도 같았다.

스무 살 때 읽으려고 사 두었으나 이십 년이 지나도록 제1권을 벗어나지 못하고 있는 마르셀 프루스트의 『잃어버린 시간을 찾아서』도 후보 중 하나였다. 무인도에라도 가지고 가야 읽지 싶었다. 아마 나는 재미를 떠나서 가장 천천히 오래 읽을 수 있는 책을 고르려 했던 것 같다. 그래야 조금이라도 덜 심심할 테니. 그땐 뭘 잘 몰랐던가 보다. 재미있는 책은 반복해서 읽어도 재미있고, 지루한 책은 오히려 시간을 더디 가게 한다는 것을.

아멜리 노통브의 『불쏘시개』는 정반대의 질문을 던진다. 모두가 추워서 얼어 죽기 직전인 때에 과연 어떤 책을 불쏘시개로 사용하겠는가. 무인도보다 백배는 와닿는 질문이다. 가장 덜 중요한 책부터 소거해 나가면서 가장 마지막에 남는 게 무엇인지 역으로 알아내는 거다. 그렇게 해서 남는 책은 『성서』도 『잃어버린 시간을 찾아서』도 아닐 거란 예감이 든다. 아마 열두 번째쯤에 땔감이 되어 있지 않을까. 이후로도 많은 책이 순서대로 불에 타들어가는 상상을 해 본다. 무거운 짐만 될 뿐 재미도 없고 미관상 보기 싫은 책을 먼저 던져 버리겠지. 한때는 즐겨 읽었으나 이제는 품위도 가치도 다 사라져 버린 작가의 책도 안녕이다. 몹시 아끼지만 내 몸이 따뜻한 것보다는 덜 중요한 책에도 사과를 전한다. 그렇다면 과연 어떤 책이 남을까. 지금껏 나만의 도서관에 입성했던 그 많은 책 중에, 모두가 불쏘시개로 사용한다고 해도 나만은 그럴 수 없는 책. 이럴 수가! 그건 내 책이 아닌가. 내 책이 남았다.

브룩스는 그 책이 제2차 세계대전 때도 비슷한 방식으로 나치에게서 구출되었다는 사실에 대해 듣게 되었다. 그녀는 사라예보로 돌아갔고, 우연하게도 약 50년 전 그 책을 나치에게서 구해 낸 사서의 미망인이 아직 살아 있다는 걸 알게 되었다. 브룩스가 가진 이야기꾼으로서의 안테나가 뾰족 일어섰다.

존 프리먼, 『존 프리먼의 소설가를 읽는 방법』
(자음과모음, 2015)

『월스트리트 저널』 특파원 제럴딘 브룩스는 유엔의 평화 유지 임무를 취재하던 중 『사라예브스카 하가다』를 만난다. 이 책은 양피지에 중세 히브리어로 쓴 채색 필사본이다. 수 세기 동안 분쟁과 시련의 역사를 관통하며 주인을 옮겨 다니던 이 책은 1894년 보스니아 헤르체고비나 국립 박물관에 들어가게 된다. 여러 차례 유실 위험을 겪었으나 그때마다 사서들이 목숨 걸고 지켜 냈다는 이야기를 전해 들은 브룩스는 이에 영감을 얻어 장편소설 『피플 오브 더 북』을 완성한다.

나는 이 글을 쓰기 전까지 『사라예브스카 하가다』가 어떤 건지 몰랐다. 도서관과 사서에 관한 자료를 모으고 있을 뿐이었다. 대체 어떤 물건이기에 전쟁이 시작되자마자 도서관 사서가 본능적으로 지키고 싶었을까. 어째서 다른 책은 다 놔두고 이 책을 가장 먼저 은행으로 들고 가 안전 금고에 넣었을까. 나라면, 그럴 수 있었을까. 검색을 하는 동안 이상한 기분이 들기 시작했다. 어쩐지 내가 그동안 몰랐던 아주 중요한 사실을 이 글을 쓰면서 알아 가고 있고, 바로 그 이유 때문에 처음부터 이 글을 쓰고 싶었는지도 모르겠다는 확신 같은 것이었다.

마침내 유네스코와 유산 웹사이트(heritage.unesco.or.kr)에서 『사라예브스카 하가다』를 만났고 뒤늦게나마 당시의 사서들이 어떤 마음으로 이 필사본을 지키려 했는지 짐작할 수 있었다. "이 책은 우리를 분열시키는 것들보다 우리를 하나로 묶어 주는 것들이 더 많다는 사실을 우리들이 알아챌 수 있는지 시험하려고 우리에게 온 것이다. 인간이 된다는 것은 유대인이 된다는 것, 무슬림이 된다는 것, 가톨릭교도나 정교회 신자가 된다는 것보다 더 중요하다."

연구 결과에 상상력을 더하면 그 책을
만든 사람의 머릿속에 들어간 것처럼
느껴질 때가 있다. 그들이 어떤 사람인지,
어떻게 작업했는지 알아낼 수 있다.
그렇게 해서 인류의 지식이라는 모래
상자에 모래알 몇 알을 보태는 것이다.
내가 하는 일에서 가장 소중한 부분이 바로
그것이다.

제럴딘 브룩스,『피플 오브 더 북』
(문학동네, 2009)

『사라예브스카 하가다』로 알게 된 작가 제럴딘 브룩스의 『피플 오브 더 북』을 읽지 않을 이유는 단 하나도 없었다. 우리나라에서는 십 년 전에 출간되었지만 아직 품절이나 절판도 아니었다. 대형 출판사에서 내 주었기에 가능한 일일지도 몰랐다.

책은 단숨에 읽었다. 전체 480쪽 중 재미없거나 대충 넘겨도 될 만한 부분이 단 한 곳도 없었다. 책을 읽기도 전에 『하가다』의 존재에 깊이 빠져 버렸기 때문일 수도 있지만, 책에 따라서는 흥미로운 역사도 따분하게 읽힐 수 있지 않을까. 이 책은 정반대였다. 책 한 권이 가지고 있는 수 세기에 걸친 역사적 진실을 가장 경이롭고 매혹적인 방법으로 복원해 냈다.

책을 읽는 동안 책의 이야기도 재미있었지만 이런 이야기를 좋아하는 나를 발견하는 즐거움도 컸다. 독서가 주는 기쁨은 후자 때문인 경우가 많다. 읽을수록 내가 어떤 소재, 어떤 인물, 어떤 묘사에 반응하는지 발견하게 된다. 책에는 도서관 관장, 사서, 서적 보존가, 유물 연구자, 필경사, 제본사, 화가 등 책과 관련해 다양한 직업군의 사람이 나온다. 그들 모두가 책을 위한 조력자였지만 가장 빛나는 주인공은 역시 『하가다』다. 현재와 과거, 과거와 과거 이전을 넘나드는 여정을 따라가는 동안 『하가다』가 등장하는 순간마다 한눈에 반한 것처럼 심장이 뛰고 관심이 집중됐다.

작가의 필력에 취해 책이 겪은 역사를 쉴 틈 없이 거슬러 올라가다 보면 이내 『하가다』의 창작자까지 만나게 된다. 2000년의 작가는 1480년 세비야의 노예였던 여인에게 이름을 부여하고, 지금까지 등장한 모든 사람과 이 책을 읽은 나로 하여금 그 이름을 기억하게 한다. 어떤 부분에는 작가의 상상력이 결합되어 있으리란 것을 안다. 때문에 이 책이 역사서가 아닌 소설이라는 것도 알지만 나는 의심하지 않는다. "인류의 지식이라는 모래 상자에 모래알 몇 알을 보태"려면 바로 그 상상력이 필요하다는 것을.

"독서와 산책, 빈둥거리기와 내가
사색이라고 부르는 낮잠은 최고의
행복이지." 비블리오 샤는 종종 이렇게
단언하곤 했지만, 도서관 고양이는 그것이
흄을 인용한 것임을 알고 있었고, 그래서
사촌은 번지르르하고 속임수 잘 쓰는
표절자라고 여겼다.

알렉스 하워드, 『책 읽는 고양이』
(웅진지식하우스, 2017)

사람이 가장 잊어버리기 쉬운 게 출처의 기억이라는 말을 들은 적이 있다. 정보를 얻었지만 누가 한 말인지 잊어버리거나 말한 사람을 잘못 기억하는 것이다(이 말의 출처도 기억하지 못하는 것을 보라). 몇 해 전 유명 소설가의 표절 논란으로 나라 전체가 시끄러웠던 적이 있었다. 오랜 기간 동안 사랑받아 왔던 소설가였기에 독자가 느낀 실망과 배신감은 더욱 컸다. 여러 작품에 걸쳐 그가 표절한 부분과 원저자의 작품을 비교한 글들이 인터넷에 올라왔다. 몇 개의 조사를 교묘하게 바꿔 자기 문장인 것처럼 썼지만 누가 봐도 표절이었다.

사서 교육원에서 학생 모두를 힘들게 했던 수업 중 하나가 '저작권법'이었다. 1,400쪽이 넘는 저작권법 책이 수업 교재였는데, 매 수업 전에 공부할 부분을 미리 요약해서 제출하는 게 숙제였다. 요약이야 책 보고 옮기면 되었지만 문제는 그 내용을 머릿속에도 집어넣어야 한다는 것이었다. 수업 시간만 되면 교수님은 아무 이름이나 부르며 문제를 냈다. 마산 사투리를 쓰는 은퇴한 정치인 같은 분이었는데 내 이름은 왜 그렇게 많이 부르던지. 다들 퇴근하고 피곤한 상태로 듣는 저녁 수업이었지만 그 시간만큼은 정신을 바짝 차려야 했다.

그래서 저작권법 한 권이 모두 머릿속에 들어갔느냐? 1,400쪽을 씹어 먹으면서 공부하지 않는 이상 그건 불가능하다. 우리는 도서관 사서가 되고 싶었지 책을 먹고 싶은 생각은 추호도 없었다. 다만 이것 하나만큼은 그 엄격한 수업을 들은 모두가 기억할 것이다. 한 사람의 저작물은 그 자체로 소중히 지켜져야 하며 타인이 함부로 사용하거나 훼손할 수 없다는 것. 책을 다루는 사람이라면 기본적으로 알고 있어야 할 상식이자 책에 대한 예의이다.

"집에 면허증을 두고 온 것 같은데,
이걸로도 됩니까?"
직원은 도서관 사서가 공동 서명한 카드를
보더니 웃으며 고개를 끄덕였다. "될 것
같아요. 또 필요한 건 없으십니까?"

퍼트리샤 하이스미스, 『이토록 달콤한 고통』
(오픈하우스, 2017)

필요한 책을 검색해 보니 일반 도서관에는 없고 집 근처 대학 도서관 서고에 보관 중인 것으로 나왔다. 그 도서관은 재학생이 아니어도 신분증만 있으면 누구나 들어가서 열람할 수 있었다. 들뜬 마음으로 가방을 챙겼다. 푸릇푸릇한 대학 캠퍼스와 학생을 구경하고, 그 사이에서 외부인 티가 나지 않도록 조심하며, 마침내 크고 웅장한 도서관 앞에 다다랐다. 직원에게 방문 사유를 말하고 신분증을 보여 주려는데 지갑을 아무리 뒤져도 신분증이 나오지 않았다. 나는 당황했고 직원은 신분증을 대신할 만한 다른 거라도 있느냐고 물었다. 지갑에는 도서관 대출증 하나만 덩그러니 있었다. 직원은 고개를 저었다.

신분증을 가져가지 않은 건 내 부주의였지만 소득 없이 도서관을 되돌아 나오면서 '그깟 신분증!' 하는 억울한 마음이 들었다. 책을 대출하는 것도 아니고 그냥 그 자리에서 보고만 오는 건데 왜 도서관 대출증으로는 내 신분 확인이 되지 않느냔 말이다. 그 대출증 하나를 발급받기 위해 얼마나 까다로운 확인 절차를 거쳤는지 안다면 그렇게 무시하진 않았을 텐데. 해당 도서관에서 책을 대출하는 것 말고는 아무 짝에도 쓸모없는 플라스틱 카드를 만들겠다고 사서에게 얼마나 많은 개인 정보를 알려 주었는가 생각하니 왠지 더 억울해졌다.

하지만 별수 있나. 발급 과정이 아무리 비슷하다고 해도 대출증은 신분증을 대신할 수 없었고, 결정적인 순간에 나를 도와주지 못했다. 되돌아 나오면서 나는 직원에게 다음에 다시 오겠다고 말했지만 다시 가는 일은 없었다. 시간이 지나자 그 책은 더 이상 필요 없게 되었다. 그리고 나는 지갑에 꼭 신분증을 넣고 다녔다. 아무짝에도 쓸모없지만 차마 두고 다니지는 못할 것 같은 도서관 대출증과 함께.

선생님은 가구 공사야말로 처음 플랜
단계부터 큰 줄기를 정리해 두어야 한다고
생각하고 있다. 도서관에서 책상과 의자,
책장은 심장부와 같아서 그 디테일이
어떻게 되어 있느냐에 따라 이용자의
경험의 질이 크게 바뀐다.

마쓰이에 마사시, 『여름은 오래 그곳에 남아』
(비채, 2016)

마쓰이에 마사시의 『여름은 오래 그곳에 남아』는 노년의 거장 건축가와 신입 청년 건축가가 국립 현대 도서관 건축 프로젝트를 함께 준비해 나가는 과정을 담은 소설이다. 도서관 건축과 운영에 대해 이렇게 자세하게 나온 소설이 있었나 내심 놀라워하면서, 발행 연도를 보고는 도서관에 근무하는 동안 왜 이 책을 발견하지 못했을까 아쉬워했다.

이 책은 어느 문헌정보학, 건축공학 전공서 못지않게 도서관 건축 실재를 알차게 담고 있으면서도 '도서관이란 무엇인가'에 대한 질문에 근원적으로 다가가게 한다. 두 건축가 모두 현란하고 위압적인 건축이 아닌 소박하고 아늑한 집과 같은 건축을 원하고 그 마음은 도서관 설계에 온전히 스민다. 눈에만 아름다운 게 아니라 항상 사용하는 사람에게 불편이 없도록 하는 것을 설계의 우선으로 삼는다. 도서분류법을 따를지 말지, 서가의 단을 이동식으로 할지 고정시킬지, 서가 한 단을 채우고 다음 단으로 내려갈 때의 반환점을 어디로 할지 같은 문제에서도 토론을 멈추지 않는다. 개가식 운영으로 누구든 자유롭게 들어와 책을 읽을 수 있지만 대출은 하지 않는 원칙을 정해서, 원하면 다른 공공 도서관에서 빌리거나 서점에서 사도록 하는 것도 설계 단계에서 논의된다.

사소한 내용이라도 놓치지 않고 설계 전에 모두 검토해야 도서관을 다 지었을 때 만족감이 크고 오래 간다. 세부적인 쓰임까지도 설계 단계에서 철저히 고려되어야 추가 손실이 일어나지 않는다. 모두가 알고 있는 당연한 내용이지만 빠듯한 공사 일정과 개관 행사에 쫓겨 얼렁뚱땅 넘어가기가 부지기수이기도 하다. 도서관은 지금도 여기저기 지어지는데, 도서관을 짓는 것이 건물만이 아니라 그 안을 드나들 사람의 시간과 경험을 함께 만드는 일이라는 사실을 잊지 않았으면 좋겠다.

햇빛은 열람실로 직접 들어오지 않고
원뿔형 천창에 반사되어 들어오며, 이로써
불투명 유리 사용이 필요 없게 되었다.
이러한 산란광은 독서하는 사람들에게 특히
유용한데, 그림자나 반사 때문에 신경 쓸
필요 없이 공간의 아무 구석이든 자리를
잡고 책을 읽을 수 있게 해 주기 때문이다.

칼 플라이크, 『알바 알토 건축 작품과 프로젝트 도해
(1898-1976)』
(엠지에이치북스, 2014)

도서관 건축 자료를 찾다가 알바 알토라는 이름을 발견했다. 익숙했다. 얼마 전에 가 본 카페의 이름이었는데 그 안에 알바 알토와 관련된 책들이 비치돼 있는 걸 보고서야 건축가의 이름에서 가져왔다는 걸 알게 되었다. 얼마 후에는 어느 책에서 또 만났다. 일본 도쿠시마에서 커피 가게를 운영하는 쇼노 유지의 에세이 『아무도 없는 곳을 찾고 있어』였고, 그가 운영하는 가게 이름이 알바 알토에서 가져온 '아알토 커피'였다. 커피 가게 주인들은 알바 알토를 좋아하는 걸까? 주인 자신도 좋아하고, 알바 알토와 북유럽 건축에 관심 있는 손님이 계속해서 찾아온다고 하니 그보다 더 좋을 수는 없겠지. 덩달아 나까지 알바 알토라는 핀란드 건축가에게 관심이 가기 시작했으니 말이다.

『알바 알토 건축 작품과 프로젝트 도해(1898-1976)』를 지역 도서관에서 신청했다. 일주일 뒤 책이 도착했다는 연락을 받고 도서관에 갔다. 테이블에 앉아 천천히 넘겨 보았다. 그가 설계한 건축 작품의 설명과 사진, 설계 도면이 자세하게 나와 있었다. 대규모 주택 단지와 문화, 교육, 종교 시설까지 그의 손을 거친 건축물은 핀란드 국경을 넘어 전 세계로 뻗어 있었다.

대표적인 건축물 중 하나가 러시아의 비푸리 도서관이었다. 도면에는 이용자가 책을 볼 때 영향을 받을 수 있는 빛의 각도를 계산한 그림까지 그려져 있었다. 강의와 토론이 이루어지는 홀은 천장을 물결처럼 만들어 어느 자리에서 말하더라도 소리가 고르게 들릴 수 있도록 했다. 건물 자체가 최첨단 조명 시설이자 음향 설비인 셈이었다. 지금 보아도 아름답고 기능적인 이 건축물이 1927년에 설계된 거라니. 실제로 가고 싶고 경험하고 싶게 만드는 도서관이었다.

비푸리 도서관 복원 작업은
15년간 진행되었습니다. 처음에는 아무도
복원 과정과 작업 속도를 예측할 수
없었습니다. 또한 협력을 위한 방법을
찾는 데에도 시간이 걸렸습니다. 현재
비푸리 도서관은 비보르크 지역에서
많은 지원을 받고 있으며, 모스크바와
상트페테르부르크 당국으로부터 건물의
가치를 인정받았습니다.

비푸리 도서관 웹사이트

(aalto.vbgcity.ru)

비푸리 도서관은 현재까지도 많은 사람이 이용하는 지역 도서관이다. 다녀온 사람들이 찍은 사진 속 도서관의 모습에 반해 역으로 추적해 나가다 보니 뜻밖의 아픈 역사를 들추게 되었다. 현재의 도서관은 오래전에 전쟁으로 일부가 파괴되었다가 복원된 것이며, 세계 기념물 기금World Monuments Fund을 통해 오랜 시간에 걸쳐 예전의 모습을 되찾았다.

도서관이 있는 비보르크 지역은 본래 핀란드 영토였다. 비푸리는 핀란드 시대의 이름이다. 제2차 세계대전 중 소련에서 핀란드를 침공한 겨울 전쟁 이후 그 땅은 소련 소유가 되었고, 그곳에 살던 핀란드인은 모두 추방당했다. 그 자리에 지난 모든 역사를 기억하는 도서관이 다시 세워졌다. 비푸리도, 비보르크도 아닌 '알바 알토'라는 이름의 도서관은 이제 더 이상 어느 한 나라의 소유라는 생각이 들지 않는다. 어떤 예술가는 국적을 초월하여 존재하기도 한다.

알바 알토가 자신의 모든 작품을 통해 추구해 왔으며, 예술의 가장 중심에 놓고 싶었던 건 언제나 인간이었다. 그리고 그는 인간이 가장 인간답고 편안할 수 있는 조건을 자연에서 가져왔다. 첨가하거나 훼손하는 것을 최소화하는, 있는 그대로의 자연. 사람들이 그를 건축가로서, 디자이너이자 예술가로서 좋아하는 이유가 다 있었다. 더디더라도 천천히 복원하는 방식을 택한 건 그의 정신을 따르기 위함이리라. 나도 거기에 마음 하나를 보탠다. 마음을 보태는 것 역시 국적을 초월한 일이니까.

전통적인 독서인이든 간접적으로 책에 대한
정보를 얻는 비독서인이든 자신의 내면에는
한 채씩의 이상적인 도서관이 있고 거기엔
또 한 명의 이상적인 사서가 거주한다.

장정일, 『빌린 책, 산 책, 버린 책』
(마티, 2010)

도서관을 무척 좋아하는 이용자에게 사서가 되고 싶은 적은 없었느냐고 묻자 한 치의 망설임도 없이 돌아오는 대답이 이랬다. "전혀요. 사서보다 이용자가 백배 더 좋아요." 그는 여행을 가면 반드시 그 지역의 도서관을 방문했고 그냥 구경하는 정도가 아니라 도서관 투어 프로그램을 신청해서 제대로 공부하고 왔다. "제가 좋아하는 곳이니까 이렇게 즐기면서 보는 게 더 좋아요." 명쾌하고도 현명한 답이었다. 좋아하는 곳(도서관)에서 좋아하는 것(책)과 함께 일할 수 있다는 이유만으로 덜컥 도서관 사서가 되어 버린 내가 순진했다.

가장 좋아하는 사람과 함께 살기로 결심하듯 나는 가장 좋아하는 것을 내 일로 삼고 싶었던 것 같다. 하루 중 긴 시간을 내가 좋아하는 곳에서 머물고 싶다는 이상적인 바람과 돈을 벌어야 한다는 현실적인 목적이 만난 곳이 도서관이었다. 도서관은 내가 선택한 곳이지만 한편으로는 나를 선택해 준 곳이기도 했다. 사서로 일하면서 평생 이용자이기만 했다면 알지 못했을 것을 더 잘 알게 되었다. 그게 반드시 좋은 것만은 아니겠지만 마치 살아 있는 대상을 좋아하면서 겪게 되는 풍부한 감정을 사서로 일하면서 입체적으로 체험한 것 같다.

지금은 다시 이용자로 돌아왔다. 인생에서 이용자였던 시간이 훨씬 길었고 앞으로도 계속될 테니 '돌아왔다'라고 표현하는 게 맞을 것이다. 한바탕 꿈을 꾸다가 깬 것 같기도 하고, 실제로 여전히 도서관 꿈을 자주 꾼다. 도서관에서 겪었던 일들이 다른 형태로, 함께 일했던 사람들이 다른 역할로 자주 나온다. 반갑기도 하고 기겁할 때도 있지만 대체로 아무렇지 않다. 사서로 일한 게 후회되지 않느냐고 누군가 묻는다면 나는 백 번쯤 망설인 다음 이렇게 대답할 것 같다. "그래도…… 그냥 이용자보다 사서였던 이용자가 더 좋은 것 같아요."

중국과 일본에서는 구멍 4개를 뚫는 사침
안정법을 쓴 데 비해, 우리나라에서는
5개 구멍을 뚫는 오침 안정법이 널리
사용됐다. 숫자에 대한 문화적 인식의 차이
때문인데 중국 일본은 짝수를, 우리나라는
홀수를 선호했다.

조형진, 「장정 발달사…… 知的 가치를 넘어 책
그 자체가 예술!」
(국민일보, 2004. 6. 21.)

독립 출판을 시작하기 이전, 처음으로 책이라는 것을 직접 만들어 본 경험은 아직도 강렬한 기억으로 남아 있다. 일단은 연습이라 생각하고 집에 있는 재료로만 만들어 보았다. 내가 쓴 글을 프린터로 인쇄하고 접어서 구멍을 뚫은 뒤에 표지와 함께 실로 꿰맸다. 가장 전통적인 제본 방식인데 그래서 더 신선했다. 무엇보다 내가 이 작업을 꽤나 재미있어한다는 사실을 알게 되었다. 접고 오리고 꿰매고 붙이기. 어릴 때부터 좋아했던 걸 오랫동안 잊고 살았다는 생각이 들기도 했다.

나는 을지로 방산 시장과 남대문 시장을 다니며 제본 도구를 사 모으기 시작했다. 더 잘 만들려면 어떤 바늘과 어떤 실을 사용해야 하는지 직접 만들면서 익혀 나갔다. 책을 내기 위해 가장 필요한 게 무엇이냐고 묻는다면 이제는 공모전 당선이나 문예지 추천이 아니라 '종이'라고 대답한다. 그렇게 쓰고도 지금껏 내 책이 없었던 이유는 내가 만들 생각을 하지 못했기 때문이었다. 첫 책을 만들고 나자 유령 같은 내 글에 드디어 세상의 옷을 입혀 준 느낌이었다.

그렇게 책을 만들기 시작했지만 그게 다 책이 된다는 생각은 하지 않는다. 이건 아마도 책을 만드는 사람 모두의 고민이 아닐까. 등록 번호와 청구 기호를 붙인 채 도서관에서 한 자리를 차지하고 있는 내 책을 보면 여전히 신기하고 어색하다. 어떤 식으로든 내가 만들지 않았다면 그 자리는 없는 자리였다. 동네 서점 한구석에 진열된 내 책들을 보면서도 그런 생각을 한다. 원래는 없거나 다른 책의 것이었을지도 모를 그 자리가 미안하고 부끄럽지 않은 책을 만들자고.

누구라도 그곳에 들어가면 어떤 신성함을 느끼게 된다. 많은 저자가 이미 이 세상 사람이 아니기 때문에 책등은 묘비처럼 느껴진다. 그곳은 죽은 이와 산 자가 가장 평화롭게 공존하는 공간이고 엄밀한 의미에서 저자가 죽어 있는지 살아 있는지 신경 쓰는 사람도 거의 없다.

김영하, 『읽다』
(문학동네, 2015)

내 인생을 하나의 도서관이라고 가정했을 때 아마도 가장 중심축에 있는 책이라면 '김영하'라는 작가일 것 같다. 지금까지 살아온 삶의 절반에 가까운 시간 동안 그의 책을 읽어 왔고, 그건 그가 등단해서 지금까지 작가로 살아온 시간과도 일치한다. 거기에 그가 좋아하는 책, 그가 재미있게 읽은 책을 기준 삼아 다른 작가의 책도 읽어 나갔다. 뿐인가. 책을 읽는 것으로도 모자라 쓰고 싶게 만든 작가도 그였다.

아직 대학생이던 때, 김영하 작가의 강연을 듣기 위해 경기도의 한 대학에 찾아갔다. 그 자리에서 젊고 해사한 청년 작가가 낭랑한 목소리로 한 말이 있다. 앞으로는 일인 출판사가 많이 생길 거라고, 작가가 집에서 책을 만들고 홍보와 판매도 직접 하는 시대가 올 거라고. 2000년대 초반을 살고 있던 나는 그 말이 마냥 신기하게만 느껴졌다. 그런 일은 아주 특출한 능력을 가진 사람만이 할 수 있을 거라고 생각했다.

나는 방금 전에도 그가 출연한 텔레비전 프로그램을 보았다. 요즘 들어 텔레비전 화면에서 더욱 자주 보게 되고 그게 전혀 어색하지 않은데, 문득 궁금하다. 그는 자신에게 이런 세상이 오리라는 것도 알았을까. 이젠 그의 한마디가 베스트셀러를 만들기도 하고, 절판된 책을 다시 찍어 내게도 한다. 이제 겨우 그의 길을 따라온 것 같은데 그는 저 멀리 딴 세상에 가 있다. 이런 차이라면 앞으로도 우리는 만날 일이 없을 것 같지만 그래도 이것 하나만은 성취 목록에 넣고 싶다. 그의 말대로 도서관에 꽂힌 책등이 묘비라면, 이제 나는 그와 같은 묘지에 묻혀 있다는 사실 말이다. 비록 내 자린 양지 바른 곳이 아니더라도 "죽은 이와 산 자가 가장 평화롭게 공존하는 공간"에서 좋아하는 작가의 책과 함께 머물 것을 상상하는 것만으로도 다음엔 더 좋은 책을 만들고 싶어진다.

그는 하인들에게 거대한 냄새 도서관에서
읽을거리로 쓸 향기 책 몇 권 그리고
지하실에서 음료수로 쓸 향기를 몇 병
가져오라고 시켰다.

파트리크 쥐스킨트, 『향수』
(열린책들, 2000)

향수를 뿌리고 다니지는 않지만 좋은 향기가 나는 사람이나 물건을 좋아한다. 내게서 나는 향수 냄새는 이상하게 집중력을 흩뜨리고 두통을 유발하는데, 상대에게서 나는 좋은 향은 순간적으로 나를 좋은 세상으로 이끌어 주는 기분이다. 가끔은 길을 걷다가도 좋은 향기가 나는 사람을 쫓아가서 지금 이게 무슨 향이냐고 묻고 싶어질 때가 있다. 하지만 나는 절대로 처음 보는 사람에게 그런 걸 물어볼 수 없는 인간이고, 그저 그 순간 나의 뇌가 이 향기를 오래도록 기억하기를 바랄 뿐이다. 잘 기억해 두었다가 나중에라도 좋은 기회를 만나 향기의 근원을 발견할 수 있도록. 물론 성공한 적은 한 번도 없다. 같은 향기를 두 번 이상 맡아 본 적이 없는 건 내 기억력 문제일까, 그 사람의 문제일까.

이런 나를 위해 향기를 수집하는 도서관이 있다면 어떨까 상상해 본다. 하지만 상상을 시작하기도 전에 벌써부터 막혔다. 책에는 제목과 저자 이름이라도 있지, 내가 길에서 맡았던 향기를 무슨 수로 도서관에서 찾을 수 있단 말인가. 검색대 앞에서 키워드를 어떻게 넣어야 하나? 사서에겐 뭘 물어봐야 하지? 향수 전문가가 아닌 이상 내가 할 수 있는 방법이라곤 아무리 생각해도 하나밖에 없다.

그 순간 나의 후각을 건드린 향기를 문장으로 쓰는 것. 하나의 향기를 최대한 정확하고 섬세하게 그려 내는 것. 보이지도 않고 만질 수도 없는 향기를 기억하고 보관하는 방법은 그것뿐이다. 향기에 대한 온갖 상상력을 담은 파트리크 쥐스킨트의 『향수』도 결국 한 권의 책이니까. 감각을 느낀 나의 주관적인 기록이 곧 향기의 정보가 될 테니 그 도서관은 지극히 개인적인 저장고가 되겠지. 사서도 이용자도 오직 나 한 사람뿐이고. 그런 도서관도 가능하다면 이제부터 제대로 향기를 수집해 볼까 한다.

우리나라 공공 도서관의 자료 열람실 개관 시간은 일 최고 14시간 개관하고 있고, 정부의 개관 시간 연장 사업에 참여하는 도서관은 일 최고 13시간 동안 개관하고 있으며, 일반 열람실은 일 최고 18시간 동안 개관하는 곳도 있었다. 이처럼 장시간 개관하는 공공 도서관은 다른 나라에서는 찾아보기 어려운 모습으로, 일반 열람실을 운영하는 우리나라 공공 도서관의 특수성에서 비롯한 것으로 보인다. 한편, 휴관일 조사 결과 극히 일부를 제외하고 매주 일요일에 휴관하는 도서관은 없었고, 대신에 거의 모든 도서관들이 월요일 등 주중 하루를 휴관하고 있었다.

국립중앙도서관 도서관연구소, 「공공도서관 개관시간의 합리적 운영방안 연구」
(국립중앙도서관, 2009)

평일에는 밤 열 시까지, 주말에는 쉬지 않고 운영하는 도서관이 많다. 대부분의 공공 도서관이 주중 평일 하루를 휴관일로 정해 두고 직원들은 나머지 날 중에 하루를 정해 돌아가며 쉰다. 이용자가 많은 주말에 쉬지 않고 근무하는 건 도서관 사서에겐 당연했다. 나 역시 도서관을 다니는 동안에는 그게 당연하다고 여겼는데 문득 이런 생각이 든다. 그게 왜 당연하지? 남들 쉴 때 일하는 게 왜 당연하지? 평일에 출근하는 직장인과 평일에 학교에 가는 학생을 위해 주말 밤늦게까지 문을 여는 도서관도 누군가에게는 일터이다. 그들이 정당한 대가를 받지 못하고 일하는 중이라면 어느 누가 편하게 도서관을 드나들겠는가.

지금 여기는 독일 드레스덴의 한 호텔 방이다. 오늘이 하필이면 일요일이어서 그 유명하다는 드레스덴 시립 도서관에 방문하지 못한 채 이 글을 쓰는 중이다. 물론 아쉽다. 내일 아침 일찍 여기를 떠나면 도서관은커녕 이 도시에 다시 올 일이 있을까 싶으니 오늘이 하필 일요일인 게 아쉽고, 모름지기 공공 도서관인데 독일도 한국처럼 일요일에도 열면 얼마나 좋을까 싶기도 하다. 하지만 이건 아주 짧은 생각이라는 걸 안다. 일요일에도 무조건 여는 한국의 도서관보다 일요일은 쉬도록 하는 독일의 도서관이 훨씬 낫다. 만약 시민을 위해 일요일에도 문을 열어야겠다면 그날 도서관에서 일하는 사서에게는 통상 임금의 1.5배를 가산해서 주어야 한다. 근로기준법만 만들어 놓으면 뭐하나, 지키지를 않는데.

세상에 어떤 노동도 당연한 건 없다. 직업에 대한 사명감과 봉사 정신이 열악한 근무 환경과 낮은 임금에서 절로 우러나오기는 힘들다. 일하는 사람의 권익을 지켜 주고 일하는 마음을 먼저 헤아려 주어야 하는데, 그런 건 다 무시한 채 도서관과 사서의 역할만 자꾸 강조하니, 그런 사람에겐 내가 받은 사서 자격증을 두 손에 꼭 쥐어 주고 싶어진다.

그간 정부 재정 지원 일자리 사업으로
'정규직 전환 대상 포함 가능 사업'에서
제외되어 참여자의 정규직 전환이 어려웠던
'공공 도서관 개관 시간 연장 지원 사업'에
대해 관계 부처 협의를 거쳐 '정부 재정
지원 직접 일자리 사업 중 정규직 전환 대상
포함 가능 사업'에 새로이 추가하였음을
알려 드리니 정규직 전환 심의 등에
적용하시기 바랍니다.

고용노동부, 「공공도서관 개관시간 연장 사업 관련
추가지침」
(2017)

고용노동부에서 도서관 개관 시간 연장 지원 사업의 주요 장점으로 꼽은 것 중 하나는 청년 일자리 확보였다. 문헌정보학과 졸업생 혹은 사서 자격증 소지자인 취업 준비생에게 도서관 근무 기회를 높여 준다는 것이다. 문제는 그렇게 확보한 인력이 결국은 임시직, 계약직 같은 비정규직이라는 거다. 나는 정부에서 비정규직 양산에 불과한 것을 일자리 창출로 부풀려 이야기하지는 않았으면 좋겠다.

도서관 내부를 들여다보면 참으로 다양한 고용 형태가 있다. 정규직, 계약직, 야간 연장직, 각종 일자리 사업 공공 근로자, 자원봉사자 등등. 각각의 노동자가 저마다 다른 근무 조건으로 같은 공간에서 일한다. 같은 일을 하면서도 계약직은 사업 담당자에 이름을 올릴 수 없고, 사서 교육 프로그램이나 도서관 대회 같은 외부 행사에 참여하지 못한다. 어떤 공공 근로자와 자원봉사자는 정규직 사서보다 책의 위치와 상태를 더 잘 파악하고 있다. 개인의 인격이나 사서의 자질 측면에서 보았을 때 정규직과 비정규직은 본질을 감싸고 있는 외피에 지나지 않는다는 것을 종종 실감한다.

과거의 나는 '비정규'라는 말에 민감하지 않았다. 언제나 상황이 요구했던 비정규의 삶을 온순하게 살아왔고 그걸로 『나의 비정규 노동담』 같을 걸 쓸 정도였으니까. 정규직이라고 해서 그 자리가 영원한 것도 아니고, 비정규직이라고 정규직보다 능력이 떨어지는 게 아니라는 것도 알고 있었다. 그저 선택과 운의 문제라고 생각했을 뿐이었는데, 시간이 갈수록 어쩌면 내가 나 자신을 비정규직에 알맞은 사람으로 인식하게 된 것은 아니었는지 돌아보게 된다. 만약 그렇다면, 그거야말로 최악이었다. 한 젊은 사람이 사회 시스템에 의해 스스로 한계를 결정해 버리는 일.

이 책은 런던 자연사 박물관의 반질반질한 문 너머에서 벌어지는 일들을 설명하기 위해서 고안된 나만의 보관실, 또는 개인 기록 보관소인 셈이다. 우리 모두의 인생이란 사실상 각자의 기억을 통해서 큐레이트한 컬렉션이라고 할 수 있다.

리처드 포티, 『런던 자연사 박물관』
(까치, 2009)

고생물학자이자 런던 자연사박물관 연구원으로 근무한 리처드 포티는 『런던 자연사 박물관』을 통해 아무도 몰랐던 거대한 전시장 뒤편의 풍경을 세세하게 보여 준다. 과학자다운 학식과 탐구 자세는 기본이고, 저작자로서의 위트와 감성도 빼놓지 않은 이 책을 내가 진즉에 읽었다면 『아무도 알려주지 않은 도서관 사서 실무』 같은 졸작은 쓰지 않았을 텐데 하는 생각이 절로 들었다. 내 책에는 보통명사 '도서관'이 제목에 들어 있지만 그 '도서관'은 모든 도서관을 대표하지 못한다. 한편 '런던 자연사 박물관'이라는 고유명사가 들어 있음에도 불구하고 그의 책은 세상의 모든 박물관과 그 안에서 일하는 사람들을 대표한다. 내가 감히 넘어설 수 없는 엄청난 차이다.

리처드 포티는 컬렉션만 있다고 박물관이 되는 것은 아니라고 말한다. 컬렉션 뒤에서 묵묵히 일하는 사람, 각자의 지식을 동원해 컬렉션의 역사와 근원을 밝히고, 그 결과로부터 또 다른 컬렉션을 발견해 내는 연구자야말로 박물관을 살아 움직이게 만드는 요소이다. 여기서 '박물관'을 '도서관'으로, '컬렉션'을 '책'으로, '연구원'을 '사서'로 바꾸어서 다시 한 번 읽어 보길 권하고 싶다. 내가 하고 싶은 말이자 보통명사 '도서관'을 대표할 수 있는 가장 진실한 말이다.

런던 자연사 박물관의 숨겨진 보물과 감춰진 이야기에는 어김없이 자신의 연구에 평생을 바친 연구자들의 이름이 등장한다. 책의 후반부에는 인명 색인만 다섯 쪽을 차지한다. 1980년대와 1990년대는 성과 위주의 경영 논리에 의해 자연사 박물관이 연구 기관에서 전시 기관으로 퇴보하던 중이었다. 이 책은 그러한 현실을 향한 가장 지적이고 우아한 질문이자 대답이었다. 참고로 이 책은 현재 절판이다. 도서관에서만 빌려 볼 수 있다.

여름이 다가오면서 그녀는 에어컨이
가동되는 도서관에서 더 많은 시간을
보내기 시작했다. 그곳은 자신을 드러내지
않고 오로지 눈앞의 책장에만 정신을
집중하며 열심히 지낼 수 있는 공간이었다.

줌파 라히리, 『저지대』
(마음산책, 2014)

올해도 결국 에어컨 없이 여름을 맞이하고야 말았다. 작년 여름에 하도 더워서 이듬해 여름이 오기 전에 에어컨을 사기로 하고는 계절이 바뀌자 그새 더위를 잊어버린 것이다. 막상 다시 여름을 맞게 되자 눈 딱 감고 두 달만 참으면 된다고 스스로 달래는 중이다. 최대 두 달이다. 칠월과 팔월 내내 더울 리 없고, 정 참기 힘들면 종일 에어컨을 가동하는 도서관에 가면 될 일이다. 아주 오래전부터 내게 공공 도서관은 '시원한 곳'과 같은 뜻이었다. 여름에 시원하지 않으면 공공 도서관이 아니었다.

겨우 에어컨 바람을 쐬기 위해 도서관에 가는 것이 영 어색한 이에게 미리 말해 두지만 사실 도서관도 여름이면 우리가 와 주길 바란다. 도서관마다 실시하는 여름맞이 영화 상영이라든가 두 배 대출 서비스, 휴가철에 읽기 좋은 책 전시 등은 바로 우리를 위한 행사이다. 실제로 이용자 수와 도서 대출 건수가 급증하는 시기도 바로 여름이다. 휴가철인 데다가 다들 밖으로 놀러 다니느라 도서관에는 안 올 것 같지만 전혀 그렇지 않다. 우리 같은 사람이 많다는 증거다. 발걸음의 계기는 에어컨 바람을 쐬기 위해서라고 하더라도 일단 도서관에 한 발 내딛고 나면, 서가마다 산뜻하게 진열된 책들을 만나고 나면, 우리를 시원하게 해 주는 것이 비단 에어컨 바람만이 아니라는 사실을 알게 된다.

그렇게 더운 여름을 겪고도 집에 에어컨을 들이는 데에 그리 필사적이지 않은 이유가 있다. 일 년 중 겨우 한두 달 쓰고 말 덩치 큰 전자 제품을 사는 게 왠지 꺼려졌고, 가뜩이나 집에 있는 시간이 많아졌는데(그래서 더 에어컨이 필요하지만) 더위를 식히기 위해 근처 도서관이나 카페라도 가서 몸을 움직여 주는 게 내게 더 나을 것 같았다. 하지만 이런 생각도 아직 칠월 초라서 할 수 있는 건 아닌지. 앞으로의 여름이 몹시 기대된다.

우선 그자의 책을 수중에 넣어야 함을
잊지 마십시오. 책만 없으면 그자는 나와
마찬가지로 돌대가리이며 부릴 수 있는
정령은 단 하나도 갖지 못하게 된답니다.

윌리엄 셰익스피어, 『템페스트』
(문학동네, 2010)

권력이 대중을 탄압하는 가장 손쉬운 방법은 책 읽기를 금지하는 일이다. 기원전 중국 진나라 시황제는 유학자의 사상서를 불태웠고, 종교재판이 한창이던 15세기 스페인에서는 기독교도가 『코란』을 비롯한 이슬람 관련 서적을 불태웠다. 나치즘이 장악하던 시절 독일에서는 나치 사상에 반하는 책을 모아 불태웠다. 비슷한 일은 우리나라에도 있었다. 1910년 한일 강제병합 이후 일본은 조선에서 압수한 책을 불태웠다. 분서 이후 일본은 대대적인 출판 탄압을 시작했고 도서관을 폐쇄했으며 우민화 정책을 통해 조선인을 일본 제국에 충성하는 노동력으로 길러 내겠다고 선포했다. 책을 읽는다는 것, 도서관에 드나든다는 것은 과거의 누군가에게는 목숨과 바꿀 각오가 필요할 정도로 불가능한 자유였다.

그들의 잔인한 말살 정책은 다른 민족과 사상을 잠시 주춤하게 만들었을지 몰라도 영원히 지배하지는 못했다. 사람의 손에 든 책은 빼앗아 불태울 수 있어도 머리와 가슴에 남은 책은 그럴 수 없었고, 그렇게 전해진 책의 도서관은 24시간 불을 밝힌 채 우리 곁에 머물러 주었다. 지금 우리는 어느 하나의 권력이 다른 가능성을 배제하고 짓밟는 것에 철저히 예민해진 사회에 도착해 있다. 이것이 유구한 역사 속에서 수많은 시련을 겪고 불태워진 책이 우리에게 주는 단 하나의 메시지이며, 수만 권의 책을 읽어도 이 결론에 도달하지 못한다면 책을 읽지 않은 것과 같을 것이다.

광장에 어둠이 내려앉으면 지하 도서관에서
하얀 불빛이 새어 나온다. 멀리서도
이 불빛은 납작한 사각형 모양으로
감지된다. 나치즘이 일으킨 그날 밤의
화염은 이제 추상적이고 지속적인 전기
불빛 형태로 다가온다.

백종옥, 『베를린, 기억의 예술관』
(반비, 2018)

「도서관」이라는 작품을 보기 위해 베를린 베벨 광장 주변을 헤맸다. 광장 한가운데 있다는 안내를 보고도 그만 지나쳐 온 것이다. 돌고 돌아 다시 그 광장에 갔을 때도 나는 좀처럼 작품의 위치를 찾을 수 없었다. 한참 만에 한 청소년 무리가 작품 위에 서 있는 것을 보고서야 겨우 알아챘다. 작품은 베벨 광장 한가운데 바닥 아래에 자리 잡고 있었다.

「도서관」은 1933년 5월 10일에 광장에서 있었던 분서 사건을 기억하기 위해 이스라엘 작가 미하 울만이 만든 조형물이다. 광장 한복판에 지하로 땅을 파서 텅 빈 서가를 세웠다. 가로세로 120센티미터의 유리창을 만들어 광장을 지나다니는 사람이 고개를 숙여 안을 들여다볼 수 있도록 했다. 유리창으로 낮에는 도서관 서가와 함께 하늘의 구름과 사람들의 그림자가 지나다녔고, 밤에는 불빛이 새어 나와 도서관 내부가 환히 비쳤다.

「도서관」을 찾지 못해 헤맨 시간만큼 나는 쭈그리고 앉아 오래도록 그 안을 들여다보았다. 서가는 그날 불태워진 책들을 모두 담을 수 있을 만한 크기라고 했는데 유리창으로 겨우 들여다보아서인지 내 눈엔 더 작아 보였다. 게다가 그날 책의 화형식은 여기서만 있었던 게 아니었다. 같은 시각 독일 여러 도시의 대학과 도서관에서 금서가 한꺼번에 불타올랐다. 그 책들을 모두 여기에 꽂을 수 있단 말인가? 재가 되어 땅에 뿌려지고 연기가 되어 하늘로 날아간 책이 다시는 서가에 꽂힐 수 없다는 사실만 새기고 돌아올 수밖에. 누구에게나 열려 있는 도서관이었지만 빌려 올 책이 한 권도 없었다. 인류 역사에 다시는 그런 일이 없기를 바라는 마음만 가져왔다.

그들에게 오늘 일어난 일을 이야기해 주고
싶었다. 우리에게 가까이 다가온 폭력에
대해. 죽음의 공포에 대해. 책이 요새가
되어 주고, 소설이 도피처가 되며, 종이가
피난처가 되었던 이야기를 들려주고
싶었다.

델핀 미누이, 『다라야의 지하 비밀 도서관』
(더숲, 2018)

전쟁으로 붕괴된 도시 한가운데에 도서관이 생겼다. 폭격을 피해 지하에 숨어든 청년들이 자신과 마을 사람을 위해 폐허 속의 책을 모아 만든 도서관이었다. 하루 이용자 스물네 명. 내일을 보장할 수 없는 참혹한 전쟁터에서 그들은 자신만의 지하 요새에 모여 책을 읽고 토론했다. 책이 주는 기쁨을 나누며 전쟁 없는 미래를 희망했다. 『다라야의 지하 비밀 도서관』은 이슬람 분쟁 지역을 취재하던 기자가 시리아 내전 중에 지어진 지하 도서관의 존재를 알게 되면서 청년들과 수년 동안 주고받은 연락을 바탕으로 쓴 기록물이다.

전쟁과 죽음에 대한 두려움으로 일상적인 생활이 불가능했던 마을 사람들에게 책은 아직 살아 있음을 확신시켜 주는 도구였다. 책장을 넘기는 단순한 행위가 주는 안락, 읽고 느낀 감정을 누군가와 나누는 자유로움이 내일을 기대하게 했다. 무엇보다 그들이 처한 상황, 즉 폭력에 똑같은 폭력으로 맞서지 않게 해 주었다. 전쟁으로 상처받은 사람의 마음을 보듬어 주고, 어둠을 밝혀 줄 각자의 이야기를 찾아내도록 도와주는 것. 청년들이 도서관을 짓기로 결심한 이유였다.

나는 태어나서 한 번도 전쟁을 경험하지 않은 세대이다. 그러니 전쟁에 대해서는 한 줄을 쓰는 것도 조심스럽다. 그렇다고 쓰지 않을 수도 없다. 세계사는 온통 전쟁으로 도배되어 있고, 내가 지금 누리는 평화는 과거의 누군가가 죄 없이 흘린 피와 무관하지 않기 때문이다. 그렇다면 어떻게 써야 할까. 지금도 지구상 어딘가에는 분쟁과 갈등이 끊이지 않는데, 사람들은 날마다 불안해하고 절망하는데, 대체 이 글로 무엇을 할 수 있을까. 시리아 내전 한복판에서 목숨을 걸고 도서관을 만든 청년들이 내게 알려 주었다. 누군가의 요새가 되어 주고 피난처가 되어 줄 단단한 글을 쓰면 된다고.

답십리 도서관에서 상주 작가로 일한 건
작년 가을부터 올해 봄까지였다.
문화예술위원회의 지원을 받아 얼마간의
월급을 받고 자서전 특강, 독서 토론회 운영
따위를 하는 일종의 계약직 강사였다.

오한기, 「상담」, 『멜랑콜리 해피엔딩』
(작가정신, 2019)

오한기 작가의 단편소설 「상담」에는 도서관 상주 작가로 근무하는 소설가가 등장한다. 초반 두 쪽의 내용은 작가 자신의 이야기가 아닐까 싶을 정도로 사실적이어서 하마터면 인터넷 검색창에 '오한기'와 '답십리 도서관'을 칠 뻔했다. 그러나 세 쪽을 채 넘기지 않았을 때부터 소설에 푹 빠져 현실 구분이 불필요해졌기 때문에 다행히 그러지는 않았다. 소설가는 도서관 사무실에서 이용자를 대상으로 인생 상담 비슷한 것을 하는데 이때 찾아온 이용자가 '설마 이런 사람이 실제로 있을까?' 하는 사람이었다. 사실 소설가가 인생 상담을 하는 것부터 현실적이지 못한 설정이었다. 내가 아는 한 소설가는 가장 답이 없는 직업이기도 하다. 물론 소설 속에서 소설가가 실제로 한 것도 들어주는 것뿐이었지만.

도서관에서 상주 작가를 선정해 작업실을 빌려주고 작가가 지역 주민을 위한 도서관 프로그램을 함께 진행하도록 지원하는 사업은 2017년부터 전국의 공공 도서관에서 실제로 운영하고 있다. 작가는 참여 기간 동안 꾸준히 집필 활동을 해야 하며, 사업 종료 후에는 그 작품을 사업 주관처에 제출해야 한다. 매월 일정 시간 동안 문학 관련 프로그램을 운영하는 등 도서관과 체결한 근로 계약의 내용을 성실히 준수하고 의무 사항을 이행해야만 지원금(월급)을 받을 수 있다. 수입이 불안정한 작가에게 일정 기간(1년이 채 되지 않는) 동안 안정된 수입을 보장해 주는 대신 도서관에 필요한 노동력을 제공받겠다는 목적이다.

작가가 마치 자신의 경험을 쓴 것 같은, 그러나 확신할 수 없는 단편소설 「상담」에서 주인공은 도서관 상주 작가로 근무하는 동안에도 끊임없이 미래를 준비해야 했다. 이 기간이 끝나면 또 무엇을 해야 하는지, 어떻게 살아야 하는지. 나 역시 괜스레 막연해지려는데 소설 마지막에는 제법 통쾌한 결말이 기다리고 있었다.

질서정연한 도서관의 이미지는 나의
무질서한 마음속에 예상 밖의 우연한
기억의 잔재들을 상기시킨다. 나는
'도서관'을 생각하는 순간 즉각적으로
하나의 억설에 봉착하게 된다. 나의 개인
도서관은 무작위로 배치된 책의 짝들과
서로 무관한 형제들이 함께 있는 바람에
원래 도서관이 갖고 있어야 할 질서를
훼손해 버린다.

알베르토 망겔, 『서재를 떠나보내며』
(더난출판사, 2018)

한국의 공공 도서관에서는 일반적으로 한국십진분류법KDC을 사용한다. 책의 주제에 따라 총류(000), 철학(100), 종교(200), 사회과학(300), 자연과학(400), 기술과학(500), 예술(600), 언어(700), 문학(800), 역사(900)까지 열 가지로 나눈 다음 그 안에서 세부적으로 분류해 나간다. 1876년 미국의 멜빌 듀이가 고안한 듀이십진분류법DDC을 한국에 맞게 변형한 것이다. 내가 일했던 공공 도서관에서는 KDC를 사용했고, 얼마 전까지 임시로 일했던 전문 도서관에서는 DDC를 사용했다. 둘의 차이는 크지 않고 순서만 조금 다르기 때문에 각 도서관마다 장서의 종류나 중요도에 따라 선택해서 사용한다.

KDC나 DDC가 도서관에서 가장 흔히 사용하는 분류법이지만 모든 도서관이 이 규칙에 따르지는 않는다. 특히 작은 도서관, 어린이 도서관 혹은 특정 기관에 속해 있는 도서관에서는 각자의 특성과 규모에 맞게 바꾸어서 분류하기도 한다. 물론 공통된 분류법이 아닌 경우에는 이용 초반에 헤맬 수 있다. 반면 낯선 도서관에서 새로운 규칙을 발견하고 점차 익숙해지는 과정을 온전히 즐길수도 있다. 일률적이고 절대적인 규칙은 그것이 도서분류법이라고 해도 지지하고 싶지 않다.

우리 머릿속에 있는 도서관은 또 다른 분류법이 필요할 것이다. KDC나 DDC로는 결코 가늠하기 힘든 기억의 도서관이기 때문이다. 제목, 저자, 번역자, 출판사, 발행일, 그 어떤 것으로도 순서가 정해져 있지 않다. 어떤 날엔 이 책이, 다른 날엔 저 책이 불쑥불쑥 첫 번째 서가에 꽂혀 있다. 어제와 오늘의 목록이 다르고, 내일은 또 무엇이 꽂혀 있을지 알 수 없는 무질서의 서가 속에서 각자의 질서와 이유를 찾아 나가는 일. 당황하지 않고 자유롭게 헤맬 준비가 되어 있는 사람에게는 그 또한 즐거운 과정이라는 사실을 알려 주고 싶다.

그날 이후 공일날마다 도서관에 가서
책 한 권씩 읽는 건 내 어린 날의
찬란한 빛이 되었고, 복순이와 나는 더욱
단짝이 되었다.

박완서, 『그 많던 싱아는 누가 다 먹었을까?』
(웅진지식하우스, 2005)

내 곁에는 도서관을 좋아하는 친구들이 있었다. 학교 도서관을 벗어나 정독 도서관이나 종로 도서관으로 나를 맨 처음 데리고 가 주었던 친구, 주말마다 남산 도서관에서 같이 봉사 활동을 해 보지 않겠냐고 권했던 친구가 없었다면 나는 이 도서관들을 훨씬 늦게 알게 되거나 아예 모른 채 청소년기를 보냈을지도 모른다. 그런 친구들이 지금의 나를 만들었다.

박완서 작가의 『그 많던 싱아는 누가 다 먹었을까?』에는 다시 읽어도 뭉클한 장면이 있다. 초등학교 5학년이었던 '나'에게 시골에서 전학 온 짝꿍이 생긴다. 복순이라는 이름의 전학생은 생긴 것도 촌스럽고 옷도 남루하게 입은 여자아이이다. 어느 날 복순이는 나에게 함께 도서관에 가 보자고 한다. 보고 싶은 책을 실컷 보면 얼마나 신이 나겠느냐는 복순이의 말에 나는 선뜻 따라나서고, 그다음부터는 으레 일요일마다 도서관에 다니며 책 보는 즐거움을 만끽하게 된다. 작가의 자전적인 이야기라는 것을 알고 읽으니 마음에 더 와닿는 무언가가 있었다. 지금은 사라진 1940년대 서울의 골목이 눈앞에 펼쳐진 것처럼 세밀하게 보였고, 이제는 고인이 된 작가의 목소리가 바로 내 옆에서 이야기해 주는 것처럼 생생하게 들렸다.

두 소녀가 동네 어른들에게 물어 가며 처음으로 도서관을 찾아가는 장면, 어린이는 못 들어가는 것 아닌가 싶어 건물 앞에서 망설이는 장면, 처음 경험하는 개가식 도서관에서 자유롭게 이 책 저 책 꺼내 보는 장면을 어찌나 자세하게 기록해 놓았는지, 마치 내가 겪은 일처럼 선명하게 다가왔다. 아니다. 그건 내가 겪은 일이었다. 다시 읽을수록 더욱 뭉클해지는 건 아마도 그래서일 것이다. 어린 시절, 책과 도서관을 통해 인생의 새로운 문을 열어 본 기억을 가진 모든 사람의 이야기였다.

한때 도서관이라고 불렸던 장소 중 일부는 박물관이 되었고 그럴 가치가 없는 곳들은 대부분 전산화되었다. 지금의 도서관은 다른 개념이다. 이곳에 있는 건 책도 논문도, 그 비슷한 자료들도 아니다. 이제 도서관엔 끝없이 늘어섰던 책장 대신 층층이 쌓인 마인드 접속기가 자리하고 있다.

김초엽, 「관내분실」, 『우리가 빛의 속도로 갈 수 없다면』 (허블, 2019)

미래 도서관의 모습을 가상으로 그린 과학소설이 있다. 책이 아니라 죽은 사람의 기억을 보관하는 마인드 도서관이다. 카드만 있으면 언제든지 도서관에 가서 죽은 가족을 만나고(정확하게는 가상현실을 구현하는 헤드셋을 통해 보고) 올 수 있다. 도서관에서 책을 찾기 위해 서지 정보와 색인이 필요하듯 마인드를 찾으려면 그 사람만의 고유한 식별 기호가 필요하다. 소설의 화자인 '나'는 도서관에서 분실된 엄마의 마인드를 찾기 위해 엄마의 기억을 쫓기 시작하고, 하나씩 드러나는 진실을 통해 비로소 엄마가 아닌 한 여자의 삶을 이해하게 된다. 작가가 구축한 마인드 도서관에 담긴 '마음'은 매우 현실적이어서 언젠가 정말로 이런 도서관 혹은 추모관이 생길 것만 같았다.

이제는 조심스럽게나마 나의 이야기를 쓰고 있다 보니 이 책 한 권이 나를 식별할 수 있는 가장 확실한 물증이라는 생각이 든다. 게다가 이 책은 도서관에 수집되는 순간 나보다 수명이 길어져서 (폐기되지만 않는다면) 더 이상 내가 없는 세상에서도 남아 있게 되는 것 아닌가. 누군가는 도서관에 찾아와 나를 대신해 나의 책을 만나고 갈 수도 있을 것이다. 고인이 된 많은 작가의 책을 도서관에서 만나듯이. 책을 통해 비로소 한 작가의 생애를 이해하게 되듯이. 그러니 이왕 쓰기로 한 거 숨김없이, 오해의 여지도 없이 남기고 싶다. 돌려 말하지 않고, 어렵게 말하지도 않고, 누구든 한눈에 나를 알아볼 수 있도록.

이 매력적인 숲에서 길을 잃고 본래 목적을 잊은 채(찾아야 할 책은 안 찾고) 도서관에 주저앉은 적이 한두 번이 아니다.

정희진, 『정희진처럼 읽기』
(교양인, 2014)

도서관으로부터 예약한 책이 도착했다는 문자 메시지를 받았다. 무인 예약 대출기에서 받기로 했으니 내일 아침 전까지 아무 때나 가서 받아 오면 되었다. 무인 예약 대출은 내가 찾는 책이 그 자리에 없을 때 자주 사용하는 방식이다. 자료 검색대에서는 대출 가능으로 나오지만 그 자리에 책이 없는 경우가 종종 있다. 곳곳에 드문드문 놓여 있는 책 수레도 찾아보았지만 없었다. 사서에게 말하면 직접 찾아 주기도 하는데 왠지 그런 수고는 끼치고 싶지 않았다. 책이 있어야 할 자리에 없는 것만큼 난감한 상황도 없고, 그게 하루에 한두 권으로 끝나는 게 아니라는 사실을 누구보다 잘 안다. 무인 예약 대출을 신청하면 첫째, 이용자가 기다리는 앞에서 사서가 책을 찾아야 하는 부담을 덜어 줄 수 있고, 둘째, 책이 있든 없든 문자로 결과를 통보받기만 하면 되니 나도 편하다.

이용자에 따라 도서관을 이용하는 방식은 전부 다르다. 어떤 사람에게 도서관은 필요한 책이 반드시 있어야 하는 곳이고, 또 다른 사람에게는 책을 읽거나 공부하기 위한 장소의 기능이 가장 크다. 누군가에게는 친구처럼 대화할 수 있는 사서가 필요한 곳이며, 누군가는 도서관에서 모임을 갖고 토론할 수 있는 기회를 기대한다. 내게 도서관은 산책로에 가깝다. 여름엔 시원하고 겨울엔 따뜻한. 길도 있고 이정표도 있지만 헤맬 자유도 있는 곳. 헤매는 동안 아무도 내게 말을 걸지 않았으면 좋겠는데, 아마도 그래서 도서관을 그만둔 게 아닌가 싶다. 내게 도서관은 반드시 그 책이 있어야 하는 장소도 아니고, 없다고 해서 관리 소홀과 부주의를 탓하는 장소도 아니다. 예민하게 신경을 곤두세워야 하는 곳도, 그런 사람들을 마주해야 하는 곳도 아니다. 오히려 그런 것으로부터 가장 먼 곳이었으면 좋겠다. 매력적인 숲일수록 고요한 법이니까.

어딘가에 조용히 숨어 다람쥐처럼 겨울잠을
자고 싶었다. 언니, 도서관을 찾아보자.
미소가 말했다. 그래. 한번 찾아보자.

최진영, 『해가 지는 곳으로』
(민음사, 2017)

내가 일하던 도서관은 그 지역의 지정 대피소이기도 했다. 수재나 지진 같은 자연재해를 피해 도서관으로 오면 된다고 아이들에게 알려 주었다. 그 말을 할 때 나는 평소보다 목소리에 힘을 주었는데 나 역시 그 말을 처음 들었을 때 놀라움과 안심이 동시에 들었기 때문이다. 공공 도서관이 공공 대피소의 역할도 할 수 있다는 걸 처음 알았고 구에서 지정한 곳이니 안전만큼은 믿을 수 있겠다는 생각이 들었다. 실제로 도서관에서 소방 훈련이나 안전 점검을 자주 했다. 대피소가 되는 데는 도서관의 입지와 외형 조건도 한몫했다. 그 도서관은 구에서 가장 높은 언덕 위에 있어서 절대로 물에 잠길 일이 없을 것 같았고, 외관도 꼭 요새처럼 생겨서 전쟁 중에 숨어 있기에도 좋아 보였다.

멸망해 가는 지구에서 다다를 수 없는 세계를 향해 가는 두 소녀가 있다. 최진영 작가의 『해가 지는 곳으로』의 줄거리이다. 더 이상 살 수 없는 한국을 떠나 러시아를 걸어서 이동하는 동안 두 소녀는 갖은 고초를 겪는다. 가도 가도 끝없는 허허벌판을 지나고 나면 목숨을 앗아 가려는 사람들이 지키고 있다. 겨우 도망쳐 어딘가에 숨으면 추위와 배고픔 때문에 하루도 버틸 수가 없다. 이 와중에 두 소녀가 생각해 낸 곳이 도서관이었다. 지친 몸을 쉬게 해 줄 곳도, 자신들의 위치를 알려 줄 곳도 도서관이었다. 바로 그 부분에서 몇 년 전 내가 아이들에게 했던 말이 떠올랐다. 무슨 일이 생기면 도서관으로 오라고 했던 말. 여기 오면 안전할 거라고 했던 말. 또랑또랑한 눈빛으로 내 말을 듣고 있던 아이들의 표정. 아이들이 그 말을 오래도록 기억해 주었으면 좋겠다.

도서관 상호 연계 대출은 세상의 기적이고
문명의 위업이다.

조 월튼, 『타인들 속에서』
(아작, 2016)

판타지소설을 즐겨 읽는 소녀가 있다. 소녀의 일기에는 그날 빌려 읽거나 사서 읽은 책 제목이 수두룩하게 나열되어 있고, 각각의 책마다 느낀 감상은 소녀의 일상과도 연결되어 있어 어느 게 책 속의 이야기이고 어느 게 소녀의 이야기인지, 무엇이 현실이고 무엇이 판타지인지 헷갈릴 정도였다. 책을 하도 많이 읽어서 웬만한 동네 도서관은 시시해진 소녀에게 어느 날 기막힌 기회가 찾아온다. 바로 도서관 상호 연계 대출! 이 도서관에 없는 책을 다른 도서관에서 빌려 읽을 수 있는 오늘날의 상호 대차 서비스이다.

소설 속의 날짜대로라면 1979년에도 이런 서비스가 있었다는 것인데 좀 놀라웠다. 우리나라도 1960년대부터 상호 대차를 시작했지만 지역별 대학 도서관에 한한 서비스였고, 국가 차원의 공공 시스템이 구축된 시기는 2000년대 전후였다. 여전히 상호 대차는 학업이나 연구 목적이 아닌 경우에는 생소한 서비스인데, 설마 그럴까 싶었지만 정말 그렇다는 사실을 몸소 깨달은 계기가 있었다. 2019년 2월에 나온 나의 책 『상호대차』의 뜻을 아는 사람이 생각보다 적었던 것이다. 이를 걱정한 출판사에서는 진즉에 "내 인생을 관통한 책"이라는 부제를 달아 주었고, 나는 상호 대차를 설명하는 내용을 「들어가는 글」에 담지 않을 수 없었다. 그 책이 나온 지도 어언 6개월이 다 되어 간다. 지금쯤은 좀 더 많은 사람이 상호 대차를 알게 되지 않았을까 은근히 기대해 본다.

책이라면 그 어떤 것도 참고 기다릴 수 있다고 말하는 열다섯 살 소녀에게 도서관의 상호 대차 서비스는 "세상의 기적"이고 "문명의 위업"이었다. 책이라면 그 어떤 것도 참고 기다릴 수 없는 누군가에게도 반드시 그럴 거라고 믿는다.

무더운 여름에 도서관이 내 차지라고
느끼는 기분은 아주 좋다.

실비아 플라스, 『실비아 플라스의 일기』
(문예출판사, 2004)

『실비아 플라스의 일기』를 읽었다. 신인 작가로 주목받던 십대 시절부터 대학에 들어가 문학을 공부하고 가르치게 되고, 결혼과 자녀의 탄생 그리고 스스로 선택한 죽음에 이르기까지의 일기다. 이 책「서문」에는 그녀가 쓴 일기의 삼분의 일만을 모아 출판했으며, 남편에게 불리하거나 자녀가 읽기를 원치 않는 부분은 폐기했다고 쓰여 있다. 전체를 다 읽는다 해도 그녀를 완전히 이해할 수는 없겠지만, 타인이 편집한 불완전한 글만이 세상에 남아 생전의 그녀를 대신하는 건 안타까운 일이었다.

그녀의 일기 중에 도서관에 머무는 장면들이 유독 눈에 띄었다. 그녀는 도서관을 좋아하는 게 틀림없었다. 그렇다면 극단적인 선택의 순간이 왔을 때 도서관을 떠올릴 순 없었을까. 아쉬움이 밀려왔다. 오븐에 머리를 집어넣는 대신 답답한 집을 빠져나와 도서관으로 향할 수는 없었을까. 절망의 순간에도 살아가는 방법을 찾으려 했던 사람들의 이야기를 만날 수는 없었을까. 그녀가 가진 문학적 재능과 감수성으로는 어쩔 수 없었던 걸까. 삶과 죽음의 경계에 선 인간에게 생의 기운을 불어넣어 주지 못한다면 그걸 문학이라고 할 수 있을까. 질문이 끝도 없이 이어졌다.

일기에는 아이러니하게도 "그렇지만 나는 죽고 싶지가 않은걸"이라는 문장이 있었다. 그녀는 죽고 싶지 않았다. 온몸의 감각 세포를 발동해 글을 쓰는 그녀가, 사랑니 뽑는 경험 하나까지도 세세하게 기억하고 기록하는 그녀가, 여성이라는 자의식으로부터 끊임없는 자유를 갈구하는 그녀가, 무엇보다 그렇게 열렬하게 무언가를 쓰려고 하는 그녀가 죽고 싶어 할 리가 없었다. 쓰려면 살아야 한다. 그렇게 믿고 싶다. 그녀가 죽음에 이른 건 때마침 구하러 오지 않은 친구의 부재에 따른 결과일 뿐 죽음이 예고된 인생이 따로 있는 게 아니라고.

바로 이 자료실, 이 책상에서 우리는
서로를 처음 만났습니다. 물론
앞에서 적었듯 우리가 실제로 만난 적은
없지만요.

앤디 밀러, 『위험한 독서의 해』
(책세상, 2015)

오직 도서관에서 책을 읽기 위해 소중한 연차를 쓴 직장인이 있다. 심지어 그는 출판사 편집자이다. 책이라면 질릴 정도로 보고 만졌을 텐데 일부러 연차까지 내서 도서관에? 이유는 간단했다. 어떤 책을 너무나 읽고 싶은데 절판이라 서점에서 살 수도 없었고, 도서관 중에서도 폐가식 희귀 자료실에 보관되어 있어 별도로 신청해서 읽으러 와야 했던 것이다. 하루에 다 보는 것만으론 아쉬워서 이미 두 번째 입실. 지난번과 같은 자리에 앉아 똑같은 책을 기다리는 모습이 마치 지난밤 잠을 설치고 면회 온 연인 같다. 문장을 읽는데도 사랑에 빠진 연인의 눈빛이 느껴졌다.

연차만을 기다렸다가 도서관에 달려와 책을 읽고, 읽고 싶은 책을 읽기 위해 나머지 책을 읽는 동안에는 체력을 아끼는 등 이상하고 귀여운 이 독서가의 습관에 어느덧 나도 푹 빠져 버리고 말았다. 생각해 보면 나 역시 도서관에서 일하는 동안에도 쉬는 날이면 다른 도서관을 찾아갔고, 일하면서 지겹게 보는 책인데도 퇴근하는 길에 꼭 빌려 오지 않았던가. 일하는 도서관과 이용하는 도서관은 확실히 달랐고, 일하며 읽는 책과 독서를 위해 읽는 책은 명백하게 달랐다.

"내 인생을 구한 걸작 50권(그리고 그저 그런 2권)"이라는 부제가 달린 『위험한 독서의 해』는 예전에는 서점 직원이었고 지금은 출판 편집자인 작가가 작성한 자신만의 도서 목록이다. 한때 자신의 모든 것이었으나 이제는 고작 업무용 메일을 읽는 것이 독서의 전부가 되어 버린 작가의 개인적이고 방대한 책 읽기 프로젝트. 아직 올해의 연차가 남아 있는 직장인에게 이 프로젝트를 권하고 싶다. 나만의 도서 목록을 갖는다는 건 분명히 연차보다 소중할 테니까.

도서관 책은 좀 골치 아프다. 모든 책에는
표지에 RFID태그가 붙어 있어서, 사서가
인식기를 위에서 흔들기만 해도 무슨
책인지 확인할 수 있고, 책이 정해진 책장에
제대로 꽂혀 있는지도 알 수 있다.

코리 닥터로우, 『리틀 브라더』
(아작, 2015)

도서관에서 책을 찾을 때 RFID태그(전자 태그) 인식 기록만큼 도움되는 게 없다. 대출, 반납, 예약, 무인 예약 등 책의 상태와 위치까지 초 단위로 추적할 수 있기 때문이다. 처리된 장소와 시간만 알면 제자리에 없더라도 어떻게든 책을 찾을 수 있다. 하지만 이것에만 백 퍼센트 의지할 수는 없다. 간혹 서가 한쪽에서 책 없이 RFID 칩만 혼자 뒹굴고 있는 것을 볼 때면 마음이 아프다. 쉽게 떼어지지 않는 칩이지만 붙어 있는 종이 자체를 찢어 버리면 그만이다. 잔혹한 수법이다.

중세 유럽의 도서관에서는 책을 외부인에게 빌려주기는커녕 내부에서도 함부로 이동시키지 못하도록 책에 쇠사슬을 연결해 놓기도 했다. 필사본이라 만들기도 쉽지 않았고, 책이 자리를 벗어나는 순간 추적할 방법도 없었을 테니 감시에 총력을 기울이고도 남았을 듯하다. 만약 누군가 일 년 동안 공들여 쓴, 세상에 단 하나뿐인 책을 도서관에서 훔쳐 갔다고 상상해 보자. 갑자기 숨이 쉬어지지 않는다. 구텐베르크의 인쇄 혁명은 책을 읽는 사람에게도 만드는 사람에게도, 무엇보다 세상의 수많은 책을 수집하고 보관해야 하는 도서관에도 더할 수 없는 자유를 안겨 주었다. 이제는 누구나 쉽게 만들고 읽고 사고 빌릴 수 있는 게 책이 되었다. 이제야 숨이 좀 쉬어지는 것 같다.

그런데 요즘 나는 다른 자유에 대해 생각 중이다. 자유롭기 위해 몇 권의 책을 독립 출판으로 만들고 또 몇 권의 책에는 국제 표준 도서 번호ISBN를 달아 유통하면서 더해진 생각이다. 많은 사람이 쉽게 만들고 읽을 수 있는 것이 과연 자유가 될 수 있는가 하는. 결국 또 다른 감시와 검열 체제에 진입하게 된 건 아닌지 늘 조심스럽다.

"자료에서 보시는 것처럼 우리 학교에 우산 도서관이 생겨야 하는 이유를 크게 세 가지로 요약했습니다. 첫 번째는 우리 학교 학생들의 부모님 맞벌이 비율이 높다는 것입니다."

최은옥, 『우산 도서관』
(창비, 2015)

초등학교 시절 준비물을 챙겨 오지 못해 엄마한테 전화해서 가져다 달라고 한 적이 꽤 많았다. 리코더나 실로폰 또는 미술 도구, 심지어 점심 도시락까지. 그때마다 엄마는 잘 가져다주었는데 딱 하루, 내게 화를 낸 적이 있었다. 왜 미리 챙기지 않았느냐며 지금 바빠서 가져다줄 수 없다는 말에 나는 그만 눈물을 뚝뚝 떨어뜨렸다. 희한하게도 그날만은 모든 게 생생하게 기억난다. 엄마에게 전화 걸었던 교내 공중전화 박스, 엄마의 냉랭한 목소리, 엄마가 정말 안 오면 난 어떡하나 걱정했던 마음……. 요즘 초등학교에는 교실마다 웬만한 준비물을 다 구비하고 있어 따로 챙겨 갈 필요가 없다고 들었다. 아이들은 수업마다 필요한 것을 개인 사물함에 보관할 수 있다. 무엇보다 학부모 단체 채팅방에서 담임교사가 다음 날 일정이나 필요한 준비물을 그때그때 알려 주고 있다는 얘기에 가장 크게 놀랐다. 요즘에는 준비물을 챙겨 오지 않아 혼자 빈손인 채 앉아 있는 애들은 없겠구나, 괜스레 안심이 되었다.

챙겨 오지 않아 낭패 보는 물건 중에 우산은 가장 치명적이다. 비를 쫄딱 맞을 수는 없으니 우산을 같이 쓰거나 빌려줄 사람을 만나는 것만이 살길이다. 가까운 편의점에서 비닐우산이라도 사서 쓰면 될 텐데 삼십 년 전의 초등학생에게 그건 불가능했다. 엄마가 오길 기다리거나 비가 그치길 기다렸다. 운이 좋으면 친구와 같이 쓰거나 같이 맞았다. 비를 맞으며 혼자 걷는 것과 누군가와 같이 걷는 것은 하늘과 땅 차이다. 특히나 어린 시절에는.

요즘 학교에선 우산도 빌려주는지 궁금해서 찾아보았다. 신기하게도 최근에 우산 대여 서비스를 실시한 학교가 많이 보였다. 방침은 학교마다 달랐지만 대부분 무료 대여였고 기간은 다음 날까지다. 반납일이 미뤄질수록 연체료도 늘어나고 분실하거나 훼손할 경우 우산 비용을 내야 한다. 입가에 미소가 절로 지어졌다. 책만큼이나, 아니 책보다 더 필요한 대여 서비스였다.

나는 학교 도서관에서 일하는 비정규직 사서다. 올해로 학교 도서관에서 계약직 사서로 근무한 지 햇수로 10년이 된다.

강이수, 신경아, 박기남, 『여성과 일』
(동녘, 2015)

한 독자로부터 메일을 받았다. 메일 제목은 "오자 수정 요청"이었다. 보낸 이의 단호함이 느껴졌다. 열어 보니 내가 쓴 『아무도 알려주지 않은 도서관 사서 실무』에 잘못 표기된 명칭을 바꾸어 달라는 내용이었다. 구립 도서관에 입사하기 전에 학교 도서관 사서 보조 자리를 알아보러 다녔다는 문장이었는데 요즘 학교 도서관에서는 '사서 보조'라는 말을 사용하지 않고 '사서'로 통일하여 부르고 있으며, 그렇게 되기까지 많은 사서의 노력과 투쟁이 있어 왔다는 이야기를 들려주었다. 누군가는 그 단어에 상처를 받을 수 있으니 다음 인쇄 때 바꾸어 달라고 했다.

메일을 읽고 가장 먼저 든 생각은 '내가 왜 이걸 몰랐을까'였다. 나는 그저 학교 도서관 면접을 보려 다녔던 2013년도에만 머무른 채 그 문장을 썼다. 그 후로 오랜 시간과 많은 일이 있었다는 것은 잊은 채로. 교육청에서 운영하는 학교 도서관 사서 채용 공고 페이지를 열어 보았다. 독자의 말대로 대부분의 학교에서 '사서 보조'가 아닌 '사서'라는 호칭을 사용하고 있었다. 2013년에는 대부분 '사서 보조'였다. 나는 몇 개의 검색어만으로도 이전부터 비정규직 학교 도서관 사서가 어떤 처우를 받고 있고, 부당한 환경을 벗어나기 위해 지금까지 어떻게 행동해 왔는지 확인할 수 있었다. 많은 경우 그냥 그만둘 수밖에 없었다는 이야기도.

나는 독자에게 사과 메일을 썼다. 요청대로 다음 인쇄 때 바꾸겠다고 약속했다. 알려 주어 고맙다고 했다. 대수롭지 않게 넘어갈 수도 있지만 그렇게 하지 않은 이가 있었기에 호칭이 바뀌고 인식이 바뀌고 세상이 바뀐다는 걸 그 독자가 알려 주었다. 나는 어떤 방법으로든 이 사실을 알려야겠다고 생각했다. 이미 많은 도서관 노동자가 공유하고 있는 사실이지만 내가 할 수 있는 방법을 찾고 싶었고, 여기에 쓴다.

나는 도서관에서 어떤 말이나 기척을
찾았으면 했다. 슬픔이라고 하기에는 좀
부족한, 후회나 미안함 같은 감정에서
빠져나갈 수 있는 구명 튜브 비슷한 것.

김금희, 「정글숲을 헤쳐서 가면」, 『센티멘털도 하루 이틀』
(창비, 2014)

특별한 목적 없이 도서관에 드나들었던 서른 안팎의 나날을 나는 내 인생의 암흑기라고 생각했다. 취업과 전혀 상관없는 책을 읽고 영화를 보며 시간을 놀렸다. 또래 친구들이 한창 직장에 다니며 각자의 능력을 키워 나가고 있을 때 나는 천분의 일쯤 되는 확률의 등단을 막연히 꿈꾸며 아무도 읽어 주지 않을 소설을 썼다. 매일 도서관에 갔지만 그 이유로 내 가족과 주변의 모든 사람이 나를 걱정했다. 정말 모두가. 원래도 그랬지만 나는 해가 갈수록, 아무것도 아닌 날이 이어질수록 더욱 소심하고 소극적인 사람이 되어 갔다.

그런 내게 도서관은 단순한 물리적 장소가 아니었다. 인격을 갖춘 대상이었다. 따뜻하거나 시원한 실내 온도는 도서관의 체온이었고, 서가에 꽂힌 수많은 책 속 좋은 문장은 도서관의 말이었다. 나는 더욱 자주, 더욱 간절한 마음이 되어 도서관을 찾았다. 그럴 때마다 도서관은 늘 한결같은 모습으로 나를 받아 주었다. 도서관은 내 감정을 문장으로 표현할 수 있는 방법을 알려 주었다. 그러기 전에 내 감정을 객관적으로 들여다볼 수 있게 해 주었다. 한 몸에서 '느끼는 사람'과 '쓰는 사람'을 구분하게 해 주었고 이미 그런 경험을 했던 다른 많은 이의 글을 내게 보여 주었다.

나는 세상의 모든 사람에게 도서관이 좋으니 거기 가 보라고 말할 생각은 없다. 세상에는 도서관보다 더 좋은 곳이 많을 테니까. 도서관에 모든 게 있다고 말할 수도 없다. 찾지 않으면 보이지 않을뿐더러 온종일 찾아도 아무것도 얻지 못했던 때가 내게도 있었기 때문이다. 나는 그저 암흑의 한가운데를 비행 중인 사람에게 언제부터 시작했는지, 어디까지 이어질지 모를 그 여행을 위한 임시 정차 구역이 있다는 것만 알려 주고 싶다. 거기서는 아무것도 하지 않아도 되지만 무언가가 하고 싶어질 수도 있다고.

이곳은 무엇으로도 가득 채워질 수 있는 텅 빈, 그러나 가득 찬 텅 빈 공간이다. 책방을 더욱 텅 비게 만들어서 더 많이 채워야지. 그러려면 당신의 도움이 필요하다.

황부농, 『굶어 죽지 않으면 다행인』
(알마, 2018)

신촌의 작은 독립 서점 '이후북스'는 내가 독립 출판을 하면서 인연을 맺게 된 서점 중 하나이다. 또한 사장님의 제안으로 『상호대차』를 만든 특별한 곳이기도 하다. 막 도서관을 그만두고 침울한 상태였던 나는 이후북스와 작업한 덕에 그 시기를 무사히 보낼 수 있었다. 나를 알아줘서, 믿어 줘서 고마웠고, 그게 이후북스 사장님의 작업 방식이라는 것을 깨달으면서 더욱 좋아지는 관계의 선순환이 이어지는 중이다.

하루가 멀다 하게 서점을 청소하고, 책을 정리하고, 작은 공간을 최대한 활용하기 위해 요리조리 서가의 위치를 바꿔 보는 사장님의 노동은 도서관 자료실을 지키는 사서와 비슷한 점이 많다. 어떻게 하면 손님(이용자)이 여기까지 찾아올까 고민하고, 손님(이용자)이 좋아할 만한 행사와 이벤트를 만들어 보기도 하고, 서점(도서관)마다 엇비슷하게 소개하는 도서 목록을 벗어나 사장님(사서)만의 큐레이션을 주 무기로 매일매일 고심을 거듭한다. 사장님은 중요한 사실을 알고 있다. 아무리 많은 책이 있어도 이 공간을 채우려면 반드시 누군가가 필요하다는 것을. 책이 있는 공간이 어느 순간 텅 비거나 가득 채워지는 건 책 때문이 아니라 당신 때문이라는 것을 말이다. 사람들이 와서 책을 만나고 이야기를 나누고 뭉치고 흩어지고 변화하는 풍경. 내가 일한 곳은 도서관이었지만 나는 그게 어떤 그림인지 충분히 그려 볼 수 있다.

자신이 좋아하는 일을 하면서도 굶어 죽지 않기 위해 열심히 책을 만들고 소개하는 사장님은 모두가 고르게 가난한 세상을 꿈꾸고 있다고 책에 썼다. 상대와 경쟁하거나 상대를 견제할 필요 없이. 부당하게 이득을 취하는 사람이 없고, 그로 인해 좌절하는 사람도 없는 세상. 나는 그것 역시 지역의 독립 서점뿐 아니라 크고 작은 모든 도서관이 지녀야 할 마음인 것만 같다. 그러려면 "당신의 도움이 필요하다."

독립 출판물을 서가에 꾸리는 도서관도 많지 않아서 도서관 납품은 다른 책방 이야기였는데 이번에 도서관이랑 작은 계약을 했다. 큰 액수가 아니라 민망하다 하셨지만, 아니에요. 독립 출판물 서가 만들어 주셔서 너무너무 감사해요!

이보람, 『적게 벌고 행복할 수 있을까』
(헬로인디북스, 2019)

도서관에서 일하면서 좋았던 일 중 하나는 내가 원하는 책을 직접 수서하는 것이었다. 그렇다고 내가 좋아하는 책만 무조건 사들인 것은 아니다. 나도 좋아하고 다른 사람들도 읽어 보았으면 하는 책, 조금 덜 알려진 작가의 책이지만 어떤 베스트셀러보다 재미있고 감동적인 책을 도서관 예산으로 구입했다. 도서관에 비치하고 소개하면 홍보도 될 테니 작가와 출판사에도 도움이 될 것 같았다. 그런 책은 공교롭게도 도서관에 오기까지 시간이 오래 걸렸고 책이 없어서 중간에 취소되기도 했다. 도서관을 그만둘 때에는 내가 미처 수서하지 못한 작가의 책이 눈에 밟혔다. '아, 그 책 한 권만 더 할걸!' 가끔은 도서관을 그만둔 것을 후회하기도 했다. '도서관에 계속 있었으면 그 책들 다 사 놓는 건데…….'

연남동의 독립 서점인 '헬로인디북스' 이보람 사장님은 매번 도서관에서 납품해 간 책의 목록을 꼼꼼히 작성해 보내 주신다. 사장님이 보내 주신 목록에는 내 책이 간간이 끼어 있다. 부끄럽기도 하지만 자신감을 갖고 작업하게 해 주는 동력이기도 하다. 그리고 직접 발품을 팔아 가며 독립 서점을 방문해 책을 골라 간, 얼굴도 이름도 알 수 없는 사서가 고마웠다.

그 많은 독립 출판물 중에 수집이 필요한 제작물을 선별하는 것부터 검색을 쉽게 하기 위해 각종 태그를 입력하는 것까지, 독립 출판물은 사서의 업무를 과중시키는 골치 아픈 자료임이 분명하다. 하지만 어떤 도서관에서는 지속적으로 그 작업을 하고 있고, 그 이유가 단순히 트렌드를 좇기 위해서가 아니라 세상의 작고 다양한 목소리를 듣기 위해서라는 것을, 그런 책을 수집함으로써 이용자에게 더 많은 선택의 기회를 주기 위해서라는 것을 알고 있다. 이 점이야말로 모든 독립 서점 주인, 독립 출판 제작자 그리고 보이지 않는 곳에서 수고하는 도서관 사서에게 가장 큰 보람이라는 것도.

도서관이나 학교, 지역 관공서에 납품을
하고 그들과 협업으로 지역 문화 행사를
기획하면서 어쩌면 아주 오랫동안 좋아하는
일을 계속할 수 있겠구나 생각했다.

임화경, 『안도 조난일기 2019』
('안도북스' 3주년 기념 책)

지금 사는 곳으로 이사 온 지 두 달쯤 지났을 때 동네 서점이 생겼다. 걸어서 오 분도 안 되는 곳이었다. 그 앞을 매일 지나다니던 출퇴근길에는 일 년 뒤 내가 그곳에 내 책을 맡기게 될 줄 몰랐다. 두 번째 세 번째 입고를 하고, 거기서 북토크를 하게 될 줄도 몰랐다. 그리고 어제 네 번째 입고를 하러 서점에 갔다. 얼마 전에 리모델링을 마친 서점은 요술을 부린 듯 이전보다 두 배는 넓어져 있었다. 서가와 테이블을 재배치하고 실내 디자인을 바꾼 사장님의 요술, 아니 기술의 힘이었다.

사실 서점의 사정을 알기 전까지 나는 그 앞을 지나다니면서 이런 생각을 했다. '사장이 건물주인가?' 근거 없는 상상이었다. 주인이라면 왠지 이 건물의 꼭대기 층에 살고 있을 것 같았고, 통유리 창이 있는 일 층은 판매보다는 작업과 전시를 위한 공간처럼 보였다. 하지만 이게 엄청난 착각이었다는 것을 나는 삼 년이 지나 사장님의 서점 운영기인 『안도 조난일기 2019』를 읽고 나서야 알게 되었다. 매달 들어가는 월세와 운영비, 이를 메꾸기 위해 해야 하는 일이 아주 사실적이고 구체적으로 나와 있었다. 사장님께 내 생각을 말해 본 적도 없고, 대놓고 물어본 적도 없지만 왠지 미안해졌다.

다행히 서점은 삼 년이 지난 지금까지 건재하다. 동네 서점이 참여할 수 있는 공공사업을 찾아 열심히 지원하고 있고(지원서 작성하는 데 얼마나 많은 시간과 품이 들어가는지 잘 안다) 지역 기관과 함께 서점의 활동 범위를 넓히려 애쓰고 있다. 책을 읽는 인구가 점점 줄어들고 있다고 혀만 차는 사람이 있는가 하면, 한 명에게라도 좋은 책을 알리기 위해 홀로 어려운 싸움을 해 나가는 사람도 있다.

그릴리 공립 도서관의 수석 사서 제이미
라루를 비롯한 전 직원의 끊임없는 소중한
도움에 각별한 감사를 표한다.

코니 윌리스,『둠즈데이북』
(아작, 2018)

084

코니 윌리스의 책에는 신기하게도 도서관이 자주 나온다. 주인공을 비롯한 등장인물이 책을 찾아 도서관에 갔다. 사서의 도움을 받았고, 서가 사이에서 중요한 대화를 나누었다. 그런 장면을 볼 때마다 작가가 도서관을 좋아하는 것 이상으로 도서관이 작가에게 주는 영감과 영향력이 크다는 것을 짐작하게 된다. 도서관을 좋아하는 사람도 있지만, 도서관이 좋아하는 사람도 있다. 방문하는 모든 사람에게 도서관이 비밀의 문을 열어 주지는 않으니까.

가끔씩 저자가 자신의 책 맨 앞이나 맨 뒤에 어느 지역의 도서관과 사서 이름을 밝히며 감사하다는 인사를 하는 걸 발견할 때가 있다. 그럴 때마다 나는 사서 시점이 되어 내가 도서관 사서로 일하는 동안 과연 누군가에게 그 정도의 도움을 주었는지 자문하게 된다. 그리고 고개를 젓는다. 이용자의 질문에 제대로 대답했는지, 답을 찾기 위해 노력은 했는지도 의문스럽다. 한번은 숙제 때문에 도서관 사서를 인터뷰하고 싶다는 꼬마의 부탁에 대충 답변한 적이 있다. 하필이면 엄청나게 바쁜 주말 오후였다. 사전 약속도 없었다. 꼬마였고, 거긴 어린이 자료실이었으니까. 인터뷰를 마친 꼬마는 같이 사진을 찍어도 되겠느냐고 말했고 나는 그건 안 된다고 했다. 내 사진이 어디에 어떻게 쓰일지 알 수 없었으니까. 꼬마가 아쉬워하며 뒤돌아섰다. 그게 지금 이렇게 후회될 줄 알았다면…….

『둠즈데이북』의 주인공 키브린은 역사 연구를 위해 14세기 중세 시대로 시간 여행을 떠난다. 과거로의 여행이 가능한 2054년이 배경인데, 잠깐만, 그러면 내 나이가? 아직 살아 있다면 도서관 사서로 일했던 4년 6개월의 짧은 기간 중 어느 하루로 돌아가 보고 싶다. 가서 나에게 "여기서 얼마 일하지도 않을 텐데 잘 좀 해. 나중에 후회하지 말고"라고 말하면 그때의 내가 귀담아들을지는 모르겠지만.

도서관에서 나처럼 삶에 실패한 인물들이
나오는 소설을 읽었다. 삶에 실패하는
인물이 나오는 소설을 찾는 것은 그다지
어렵지 않았다. 서가에서 아무 책이나
뽑으면 거기에는 처참하게 실패한 인물들이
있었다.

정영수, 「우리들」, 『제10회 젊은작가상 수상 작품집』
(문학동네, 2019)

나는 내 인생이 실패했다는 생각을 해 본 적이 없다. 대학 입시에 세 번 떨어졌고, 문예 공모에서는 열 번 이상 떨어졌지만. 취업은 통장 잔고가 똑 떨어졌을 때나 생각해 보았고, 뒤늦게 들어간 도서관에서마저 뚝 떨어져 나왔음에도. 인생이 떨어지고 떨어지는 낙하의 연속이었지만 이게 실패라고 느껴지지 않았다. 내게 실패는 우울감처럼 내가 느껴야만 존재하는 어떤 것인 모양이다. 우울해서 모든 게 다 실패처럼 느껴질 때에도 나는 뭔가를 쓰거나 읽었고, 그게 새로운 형태의 결과물을 안겨 주어서인지 다시 일어설 수 있었다.

대형 서점의 주제 분류에는 '성공담' 분야가 있다. 주로 자기 계발서와 에세이로, 용기를 북돋워 주거나 새로운 도약을 제안하는 긴 제목 아래에는 치아를 보이며 활짝 웃고 있는 저자의 사진이 보인다. '이 책에 나온 것처럼 살아 봐. 그럼 너도 성공할 수 있어.' 예전부터 그런 책에는 손이 잘 가지 않았다. 성공에 대해 자꾸만 언급하는 것 자체가 실패를 더욱 구체화시켜 한곳에 내모는 일인 것 같았다. 성공이 없으면 실패도 없는데…….

다행히 도서관에는 그런 식의 분류가 따로 없다. 책의 표지를 가린 서가에는 책등의 제목만 보일 뿐이다. 그 사이에서 내가 고른 책 속에는 언제나 내면의 문제로 고통받는 사람, 소통이 불가능한 사람, 외로운 사람, 인생의 목적을 이루지 못했거나 아예 없는 사람이 등장했다. 그런 책을 읽다가 의외로 엉뚱하고 우스꽝스럽고 유쾌한 구석을 발견할 때면 아무도 모르는 세상의 비밀을 캐낸 듯한 희열을 느꼈다. 다 읽고 나면 책 속의 인물이 행복하기를 진심으로 바랐고, 그게 곧 세상을 바라보는 내 진심이 되었다.

만약 세상을 도서관 하나에 집어넣는 게
가능하다면 단 한 권의 책으로도, 심지어는
단 한 마디의 말로도 세상을 담아낼 수 있지
않을까 하는 상상을 하기에 이르는 것이다.

메튜 베틀스,『도서관, 그 소란스러운 역사』
(지식의숲, 2016)

열 살 전후쯤이었을 것이다. 눈에 보이지 않을 정도로 작아진 주인공이 잠수정을 타고 다른 사람의 몸속을 탐험하는 영화를 본 적이 있다. 주인공의 시선으로 펼쳐진 잠수정 바깥 풍경은 광활하고 고요한 우주 같았다. 이게 우리 몸속이라니. 눈에 보이지 않는 부분까지 확대해 나가면 정말 그런 모습이겠구나 싶었다. 광활하고 고요한 진짜 우주에 비하면 인간은 티끌보다 작은 존재이지만 다시 그 안을 깊이 들여다보면 저마다의 우주가 들어 있는 것이다. 영화의 제목은 『이너스페이스』Innerspace였다.

그렇다면 반대로도 생각해 볼 수 있지 않을까? 지구 밖의 저 우주 역시 더 큰 무언가의 극소한 일부에 불과할지도 모른다고 말이다. 우리 인간의 기술로는 도저히 발견할 수 없다. 저쪽에서 먼저 우리를 발견하게 될지도 모르겠다. 혹시, 이미 보고 있나? 저들의 도서관 속 연구 기록에 단 한 줄로 설명될 우리 인간은 과연 어떤 모습일까. 머리는 하나에 팔과 다리가 두 개씩 달려 있고 그것으로 매일 무슨 일인가를 열심히 하고 있는데 그래야만 먹고살 수 있는 사람이 있는가 하면 매일 놀고먹는 사람도 있는 피라미드 구조의 기이하고 불평등한 인류? 또는 살아온 시간과 살아갈 시간을 뒤로한 채 타인을 위해 자신을 희생하며 침몰하는 배 안에 갇혀 버린 사람들의 이야기?

만약 다른 차원의 세계에서 지금 우리가 살고 있는 이 세상을 단 한 권의 책으로, 단 한 줄의 문장으로 담아낸다면, 현재의 우리가 쉽게 쓸 수 있는 말이 아니었으면 좋겠다. 누구도 생각하지 못했지만 세상 곳곳의 숨은 진실을 모두 아우르는 문장이었으면 한다. 과연 단 한 줄로 표현할 수 있을지 모르겠지만, 어쩌면 그들의 언어는 우리보다 훨씬 더 우월하고 고차원적일 테니까.

"찰스 디킨스는 영국 작가입니다.
디킨스라는 이름을 가진 미국 시인은
없습니다." 그의 목소리는 칼로 찌르듯이
날카롭고 적대적이었다.

윌리엄 스타이런, 『소피의 선택』
(민음사, 2008)

우연히 알게 된 시의 한 구절을 제대로 읽고 싶은 소피는 도서관으로 찾아가 사서에게 물었다. 소피는 시인의 이름을 듣긴 했지만 정확하게 기억하지 못해서 성의 마지막 발음을 흐렸다. 19세기 미국 시인 에밀리 디킨스의 작품을 어디서 찾을 수 있는지 묻는 소피에게 사서는 자신 있게 말했다. "찰스 디킨스는 영국 작가입니다. 디킨스라는 이름을 가진 미국 시인은 없습니다." 사서는 소피가 말한 에밀리 디킨스가 에밀리 디킨슨이 아닌 찰스 디킨스를 잘못 말한 거라고 확신했다. 소피는 사서에게 시의 한 구절을 들려주려고 했지만 사서는 듣지 않았고 오히려 악감정이 섞인 차가운 목소리로 말했다. "내가 말했죠. 그런 사람 없다고!" 책에 나온 대로 '조그만 권력을 가진 자의 통제하기 어려운 분노'였다.

소피는 그 순간 사서의 말과 행동으로 자신이 죽을지도 모른다고 생각한다. 안내 데스크에서 멀지 않은 의자에 앉아 기운을 차렸을 땐 사서 앞에서 잔뜩 토하고 쓰러진 이후였다. 토하다니. 내심 통쾌했다. 똑같이 화를 내거나 욕을 하지 않아도 내가 받은 불쾌를 고스란히 되돌려 줄 수 있고, 그러고 나서도 미안해하기는커녕 아픈 몸을 핑계로 물러나 쉴 수 있으니 얼마나 좋은가. 나도 비슷한 상황이 오면 상대방의 면상에 얼른 토해 버리는 비위를 갖고 싶어졌다. 중요한 건 물론 이게 아니지만.

『소피의 선택』의 이 장면을 읽고 '나는 절대로 저런 사서가 되지 말아야지'라는 결심이 지금은 불필요하다는 사실을 깨달았다. 못내 아쉬웠다. 누군가 내게 '에밀리 디킨스'라고 말했을 때 영국 작가 찰스 디킨스와 미국 시인 에밀리 디킨슨을 동시에 떠올릴 수 있는 사람이 되어야겠다고 속으로만 생각할 뿐이다. 내가 아는 게 전부인 양 누군가를 가르치지 않고 같이 배우고 함께 찾아가는 사람이 되고 싶다.

책을 둘러싼 우연에 마주쳤을 때 실로 나는
운명 같은 뭔가를 느낍니다. 그리고 나는
그걸 믿고 싶은 사람입니다.

모리미 토미히코, 『밤은 짧아 걸어 아가씨야』
(작가정신, 2008)

좋아하는 사람에게 자신의 존재를 알리기 위해 최대한 그의 눈앞에 자주 등장하는 방법이 있다. 그가 지나다닐 만한 장소와 시간을 알아 두고 우연인 척 마주치는 것이다. 이럴 때 써먹으려고 수학 시간에 그 고생을 하며 확률과 통계를 배웠나 보다. 수만 개의 경우의 수를 따져 가며 나쁜 머리를 회전시키는 이유는 오직 하나. 우연에도 확률이 필요하고 반복된 우연은 반드시 운명을 낳을 테니까. 여기서 가장 중요한 것은 상대가 내게 호감을 느끼고 관심을 보일 때까지 반드시 우연을 가장해야 한다는 것이다. 운명이고 뭐고 간에 호감이나 관심이 생기기 전에 내가 먼저 들키면 그건 스토킹이다.

사람과 책 사이에도 그런 운명 같은 우연이 작용할 때가 있다. 희한하게도 어느 날부터인가 자꾸만 내 눈앞에 나타난다거나, 읽어 보라고 권유하는 주변 사람이 있다거나, 스치듯 보았을 뿐인 한 문장이 밤낮으로 생각난다거나 하는. 그건 누군가 그 책과 당신 사이의 연결책이 되어 활동하고 있다는 뜻이다. 흔히 있는 일이 아니니 지금 당장 도서관에 가서 그 책을 만나기를. 간혹 내겐 아무런 책도 나타나지 않는다고, 도무지 읽고 싶은 책이 한 권도 없다고, 책이 나를 버린 것 같다고 성토하는 사람을 만나기도 한다. 그럴 때 사람이 직접 움직여야 한다. 우연에도 확률이 필요하고 반복된 우연은 반드시 운명을 낳는다. 상대를 만나기 위해선 상대가 있는 곳으로 가야 한다. 도서관이든 서점이든 책이 있는 곳이라면 어디든 가 보기를. 주저도 망설임도 없이 지금 당장. 안심할 만한 것은, 책을 좋아하는 마음이라면 누구에게든 들켜도 된다는 점이다. 들키고 소문낼수록 더 좋은 책이 나타난다.

도서관은 특정 집단이나 개인의 이익이 아니라 사회 구성원 모두의 지적 향유와 그로 인한 지식의 발전이라는 공적인 가치와 공공의 이익을 실현하는 것을 기본으로 한다. 저작권법에서 저작물을 창작한 저작자의 권리를 일정한 정도로 제한하면서 도서관에게 저작물 이용에 대한 특별한 권한을 부여한 것은 바로 이러한 도서관의 공공성에서 비롯된 것이다.

정경희, 이호신, 『도서관 사서를 위한 저작권법』
(한울, 2017)

"이 책 좀 복사해도 될까요?" 복사 카드를 구입하는 이용자에게 나는 저작권법에 대해 간단히 알려 준다. 전체를 다 복사하는 건 안 되니 일부 필요한 부분만 복사하라고. 이용자가 알겠다고 하고 돌아섰는데 그 후로 한참 동안 복사기 소리가 끊이지 않는다. 주변에서 책을 보던 다른 이용자가 와서는 "저 사람 책 한 권 다 복사할 것 같은데요? 저래도 되나요?"라고 내게 이른다. 나는 복사기 앞으로 가서 이용자에게 말한다. "죄송하지만 이용자님……." "알았어요, 알았어. 이제 끝나요."

도서관에서 자주 있던 일이다. 저렇게 많은 자료를 왜 복사하는 걸까? 복사하는 시간에 차라리 앉아서 읽고 가겠다 싶은 내 마음과 달리 그들은 어떻게든 그 책을 자기 자료로 만들어 집으로 들고 가는 게 목적이다. 내 경험이긴 하지만, 자료를 찾아 도서관에 왔으면 그 자리에서 머릿속에 담고 가는 게 가장 빠르고 편리하다. 기억에도 오래 남는다. 나의 주기억장치가 가장 활성화하는 장소가 바로 도서관이니까.

절판된 책인데 복사해서 가져도 되느냐는 질문을 받은 적도 있다. 대답은 물론 "안 돼요"였다. 낱장을 일일이 복사하는 과정 중에 책이 훼손되는 건 둘째고, 그건 저작권법에 완벽하게 위배된다. 절판된 책을 도서관에서 보관하는 이유는 누구든 와서 보라는 뜻이지 복사해서 가져도 된다는 뜻이 아니다. 귀한 책의 복사본을 갖고 있다고 해서 딱히 좋을 것도 없다. 창작자의 권리와 도서관의 공공성을 무시한 채 남의 것을 함부로 취했다는 죄책감과 자괴감만이 남을 것이다. 정말 아긴다면 그저 가끔씩 도서관에 찾아와 그 책의 안부를 살피는 것 이상으로 좋은 것은 없다. 누군가의 개인 서재보다는 도서관이 백 년이고 천 년이고 살아남을 확률이 더 클 테니까.

특별한 사람들의 손에 내가 고른 책을
쥐여 줄 때, 나는 그것이 영혼을 주는 행위
또는 영혼을 교환하는 시간이라 여긴다.

서혜진, 『무명 독립 작가의 허술하고 나른한 수필집』
(독립출판물, 2019)

온라인 서점에서 아르바이트 하던 이십 대 중반부터 친구들은 내게 묻곤 했다. "요즘 무슨 책이 재밌어?" 내가 보는 건 책이 아니라 한두 장의 보도 자료였기 때문에 대답이 어려웠지만 모른다고 하고 싶진 않았다. 게다가 저 질문 속에는 '그 책을 읽고 싶다'는 바람이 담겨 있을지도 몰랐다. 대충 말해선 안 되었고 이왕이면 상대가 정말로 재미있게 읽을 만한 책을 알려 주어야 한다고 생각했다. 아마도 나는 그때부터 책을 추천하는 일에 사명감 비슷한 것을 가지고 있었나 보다. 나는 한동안 고민한 뒤 '무슨 책'을 골라 선물하는 것으로 대답했다. 상대의 취향이나 근황, 조만간의 계획이나 심경의 변화 같은 참고 사항을 두루 반영한 '무슨 책'이었다.

잘 모르는 사람에게 책을 추천하고 선물하는 일에 회의적일 수밖에 없는 나는 그런데도 제법 오랫동안 서점과 도서관에서 그들에게 책을 소개하는 일을 해 온 셈이었다. 그건 두려운 일이기도 했다. 그 책이 타인의 삶에 좋은 영향을 줄 거라는 확신은커녕 실망과 외면의 가능성까지 열어 둔 채였으니까. 또한 과연 내가 타인에게 소개할 정도로 그 책을 전부 알고 있는가에 대한 의혹으로부터 언제나 자유롭지 못했으니까. 하지만 그런 불확실 속에서도 누군가에게 책을 추천하는 건 즐거운 일이었다. 어쩌면 책을 읽고 난 뒤 달라진 내가 할 수 있는 유일한 일일지도 몰랐다. 나는 상대를 모르고 상대 또한 나를 모르더라도, 어떤 계기로 전달되어 얼마만큼의 성취를 이룰지 장담할 수 없더라도, 그 순간만은 책이 지닌 영혼의 힘을 믿게 된다.

우리는 가장 완벽한 고객 맞춤 설비를
갖추고 제작된 전천후 타임머신이다. 우리
하나하나 모두가.

찰스 유, 『SF세계에서 안전하게 살아가는 방법』
(시공사, 2011)

타임머신이니 시간 여행이니 하는 이야기에 나는 언제부터 빠져들기 시작했을까. 애착하던 무언가를 상실했을 때부터였을까. 상실로 인한 공백을 채우는 건 끊임없는 후회와 회상으로 가득한 머릿속 세상뿐. 알게 모르게 학습된 불우한 시간의 루틴 때문에 나는 행복한 순간을 맞이할 때마다 동일한 만큼의 슬픔을 느꼈다. 나의 존재는 행복을 느끼는 바로 여기에도 있지만, 지금 이 순간을 회상하는 어느 미래에도 닿아 있다. 그때의 나는 지금의 나를 떠올리며 돌아갈 수 없는 과거 때문에 슬퍼한다. 나이를 먹을수록 이 증상은 더욱 심해졌다. 나는 기쁘면서 동시에 슬프고, 얻으면서 동시에 잃는다.

비선형적 시공간 안에서 불안정하게 흔들리는 내게 어쩌면 도서관은 다른 존재와의 랑데부(두 대의 우주선이 같은 궤도로 우주 공간에서 만나 서로 나란히 비행하는 것)와 도킹(우주선이 우주 공간에서 다른 비행체에 접근해 결합하는 일)을 허락해 준 유일한 정거장일지도 모른다. 퍽 낭만적인 비유이지만 이보다 더 나은 비유를 찾기가 힘들다. 도서관이야말로 각자의 궤도를 떠도느라 언제 어디서 만날지 모를 책과 나를 연결해 주었고, 그 책의 작가와 독자도 연결해 주었으며, 그들이 이전에 만났던 또 다른 책도 연결해 주었고, 그 책은 또……. 아무튼 그때부터 나는 그들과 나란히 살아가고 있는 셈이니까.

이런 생각을 하면 나의 시공을 초월한 광대역 주파수가 그리 쓸모없게 느껴지지만은 않는다. 일상생활에선 골치 아플지 몰라도 책을 읽는 순간에는 그 책과 연결된 보이지 않는 여러 사람의 경험과 기억을 한꺼번에 끌어안게 되니 말이다. 게다가 끌어안는 건 나만이 아니다. 서로가 서로를 끌어안는다. 책과 나의 팽팽한 상호 인력은 각자 만들어 놓은 블랙홀에 스스로 빠지는 일이 없도록 서로를 붙잡아 주고 있다. 이 광활한 우주에서 나란히, 그리고 안전하게 살아갈 수 있도록.

"우리는 미래나 과거를 바꿀 수 없습니다. 그러나 그것들을 더 잘 알 수는 있는 것입니다."

테드 창, 「상인과 연금술사의 문」, 『숨』
(엘리, 2019)

겉으로는 평범한 도서관처럼 보이는 곳으로 한 여자가 들어갔다. 도서관 입구에 앉아 있던 사서가 그녀에게 말했다. "모든 도서관은 과거와 현재와 미래가 서로 얽혀 있는 곳입니다. 누구든 그 안에서 자유롭게 시간 여행을 할 수가 있지요. 하지만 이 도서관은 다른 곳과 조금 달라요. 과거나 미래에 기억이나 상상으로만이 아니라 직접 가 볼 수 있다는 뜻이에요. 자, 서가 왼쪽으로 가면 당신의 이십 년 전으로, 오른쪽으로 가면 당신의 이십 년 후로 갈 수 있습니다. 어디로 가시겠어요?" 그녀는 잠시 고민한 뒤 서가 왼쪽으로 걸어갔다. 이십 년 전이면 반려견이 아직 살아 있을 테니 그때의 자신을 찾아가 개 산책을 많이 시켜 주고 정기검진도 받으라고 말해 줄 생각이었다. 그렇게 하고 돌아왔더니 반려견이 죽은 날짜가 삼 년 뒤로 미뤄져 있었고, 함께 산책하며 행복해했던 기억이 새로 생겼다. 이십 년이 지난 지금 곁에 반려견이 없는 건 마찬가지여도 말이다.

그녀는 이십 년 뒤의 자신의 모습도 궁금했다. 과거로 돌아가 개의 죽음을 늦추고 없던 추억을 만들었으니 미래의 모습을 보고 온다면 현재 자신이 무엇을 해야 하는지도 알 수 있을 것 같았다. 그녀는 서가 오른쪽으로 걸어갔다. 이십 년 뒤의 그녀는 작은 서점의 주인이 되어 있었다. 그녀가 하고 싶었던 일이었으나 감히 엄두가 나지 않던 일을 미래의 자신이 하고 있자 가슴이 뛰었고 한편으론 안심이 되었다. 그녀는 이십 년 후의 자신에게 물었다. 언제부터 이 일을 하게 되었느냐고, 무엇을 준비하면 되느냐고. 이십 년 후의 그녀는 눈앞에 찾아온 사람이 이십 년 전의 자신이라는 사실을 알고는 덥석 손을 잡고 말했다. "나도 이십 년 전으로 데려갈 수 있나요? 가서 부모님을 만나고 싶어요." "……." "잠깐이면 돼요. 손이라도 한 번만 잡고 오게 해 주세요. 네? 정말 너무너무 뵙고 싶어요."

많은 여성 작가들은 카페나 도서관 같은
공공장소에서 글을 써야 했다. 글을
쓸 장소가 집에 없었거나 난방 시설이
열악했거나, 이래저래 여건이 안 되었기
때문이다.

타니아 슐리, 『글쓰는 여자의 공간』
(이봄, 2016)

시몬 드 보부아르는 집보다 공공장소에서 글을 쓰거나 책을 읽는 걸 더 좋아했다. 독일군이 파리를 점령하던 때여서 집보다 카페가 더 따뜻하기도 했지만 일체의 가정사와 동떨어진 장소가 필요했다. 그녀는 집을 청소하고 빨래와 요리를 하고 자식을 키우는 등 여성에게 당연히 요구되었던 살림이야말로 자유로운 글쓰기의 최대 적이라고 여겼다.

그보다 백 년 전의 샬럿 브론테는 남자 이름으로 작품을 출간했다. 여자로서 떳떳하게 작가 활동을 할 수 없었던 그 시절 그녀가 있을 곳은 집뿐이었다. 그녀는 거실에서 아버지와 손님들이 지켜보는 가운데 단정하게 앉아 글을 썼고, 그렇게 완성한 작품이 『제인 에어』이다(동생인 에밀리 브론테는 그 옆에서 『폭풍의 언덕』을 완성했다). 그녀가 여성이라는 사실이 알려진 건 생애 마지막 무렵이었다. 샬럿 브론테가 세상에 태어나기 한 해 전에 세상을 등진 제인 오스틴은 그로부터 이백 년이 지나서야 명성을 얻었다. 그녀는 작가로 유명해지거나 성공하고 싶다는 생각을 해 본 적이 없었고, 그럴 만한 시대에 살고 있지도 않았다. 그저 한적한 장소에서 글 쓰는 일을 좋아했다. 집에서 식사 차리는 것을 도왔고 식사가 끝나면 그 식탁에 앉아 글을 썼다.

『글쓰는 여자의 공간』에 등장하는 작가들에게 나는 조용한 연대감을 느꼈다. 시대는 다르지만 나의 경험은 각각의 작가와 조금씩 연결되어 있었다. 나 역시 유년 시절부터 부모님 앞에서 날마다 일기를 썼고, 지금은 살림살이와 분리된 공간을 찾아 카페와 도서관에 다니고 있으며, 특별한 이유나 구실이 없어도 그냥 쓰는 게 일상이 되었다. 하다하다 글쓰기를 위한 임시 처소인 '임시제본소'를 만들었고, 가상의 공간에서 실물 책을 만들어 내는 일로 하루의 대부분을 보내고 있다. 어제도 오늘도, 아마 내일도.

노인 한 명이 죽는 것은 서재 하나가
불타는 것과 같다.

니컬러스 에번스, 『아무도 모르는 사이에 죽다』
(글항아리, 2012)

할머니가 돌아가신 건 내가 중학교 2학년 때였다. 수년 동안 치매와 중풍을 앓으셨고 형편이 좋지 않았던 네 아들의 집을 떠돌다 마지막에는 병원에 입원했다. 네 아들의 가족이 하루씩 번갈아 간호를 했다. 엄마 아빠가 병원에서 자는 날엔 나는 밤새 볼 비디오 테이프를 잔뜩 빌려 놓았다. 『구니스』, 『백 투 더 퓨처』, 『죽은 시인의 사회』 등등.

아픈 할머니를 두고 아들 형제들이 싸우고 부모가 다투는 모습을 나는 어릴 때부터 보아 왔다. 가족과 친척이 모여 다 같이 웃었던 기억이 내겐 없다. 할머니가 우리 집에 머물던 때에는 할머니의 목욕과 이불 빨래를 엄마가 도맡아 했다. 나는 할머니에게 다가가지도 못하는 애였다. 이전에도 할머니는 자식에게 늘 호통을 치는 무서운 어른이자 아들 손주만을 편애하는 야속한 어른이었다. 아빠는, 모르겠다. 그 무렵의 아빠와는 말도 섞고 싶지 않았는데 생각해 보니 지금 내 또래였던 것 같다. 할머니가 돌아가셨을 때 아빠는 어린아이처럼 엉엉 울었다.

『시간의 주름』이라는 독립 출판물을 준비하던 2018년에 아빠에게 전화를 걸었다. 평소에도 옛날 생각을 자주 하는 편인데 그런 생각을 모아서 아예 책으로 만들어 버리기로 했다. 일흔이 넘은 아빠에게 내가 처음으로 한 질문은 돌아가신 할머니의 고향에 관한 것이었다. 단지 그거 하나였는데 아빠는 한 여자, 함경남도 북청에서 태어난 여자, 떠돌이 악사였던 남편을 만나 이남을 해서 서울과 부산을 오가며 아들 넷을 낳고 키운 여자, 한국전쟁을 겪은 여자, 남편이 지하에서 숨어 지내는 동안 홀로 지상에서 생계를 떠안은 여자, 부산 국제 시장에서 커다란 포목상을 하며 세상을 호령하던 여자에 대한 이야기를 신이 나서 들려주었다.

나는 아직도 개인의 내면세계가 책의
유무형의 세계와 깊숙이 그리고 창조적인
방식으로 얽혀 있다는 것이 명료해진 날을,
그 시간과 공간을 뚜렷이 기억한다.

슈테판 츠바이크, 『모든 운동은 책에 기초한다』
(유유, 2019)

인류의 역사가 집적돼 있으며 날마다 성장하는 유기체로서의 도서관은 어쩌면 나의 관념 속에나 존재하는 게 아닐까 생각했다. 대부분의 사람에게 도서관은 오랫동안 한곳에 멈춰 있는 곳, 세월이 흘러도 변하지 않는 건물 속에서 오래된 책이 우리를 기다리는 곳이다. 한 사람의 짧은 생애에서 도서관의 역동성을 설명하려면 보다 강렬한 이미지가 필요하다. 그런 내게 도서관이 아우르는 시공간을 시각화하여 기억에 각인시키게 된 계기가 찾아왔다. 지난봄 도쿄의 오차노미즈역에 갔을 때였다.

허우샤오셴의 영화 『카페 뤼미에르』에 등장하는 오차노미즈역은 도쿄의 수십 개 전철역 중 하나로, 서로 다른 열차가 각각 다른 방향으로 얽히듯 지나간다. 영화는 십 년 전에 처음 보았고, 도쿄로 출발하기 하루 전에 두 번째로 보았다. 같은 공간에서 주인공 요코를 태운 열차와 친구 하지메를 태운 다른 열차, 그 위로 또 다른 열차가 지나가는 것을 이번에는 좀 더 오랫동안 보았다. 기이하게도 나를 포함해 모든 이의 내면세계를 단 하나의 장면으로 압축해서 만난 것처럼 가슴이 뛰었다. 도쿄에 가면 꼭 찾아가서 직접 눈으로 봐야겠다고 다짐했다.

역은 두 번에 걸쳐 찾아갔다. 처음 간 날은 도중에 날이 저물어버린 데다가 위치를 몰라서 전철역 반대편에 서는 바람에 원하던 풍경을 보지도 못했다. 두 번째로 간 날은 일찍 서둘렀다. 이번에도 주변을 헤매기는 했지만 다행히 해가 지기 전, 주홍빛 노을이 하늘에 붓질을 시작할 무렵에 정확한 관람석에 도착했다. 오차노미즈역을 지나는 여러 개의 선로와 플랫폼이 한눈에 내려다보이는 다리 위 중간쯤으로 이미 카메라를 든 여행객 몇 명이 기다리고 있었다. 나와 남편은 난간에 나란히 기대어 서서 열차를 기다렸다. 각기 다른 방향으로 뻗어 있는 선로 위로 과거와 현재와 미래라는 이름의 열차가 동시에 지나가는 풍경을. 마침내 보았다.

그녀는 매주 서가의 시작 지점으로 가서
새로 서가에 꽂힌 책이 없는지, 그러니까
그동안 반납된 책이나 뒤편 대출 카드에
아무것도 적히지 않은 신간이 있는지
확인해 보았다. 그런 책들이 눈에 들어오면
그녀는 일종의 조심스러운 놀라움을 느끼며
배시시 웃었다.

조이스 캐롤 오츠, 『그들』
(은행나무, 2015)

지금은 모두 사라졌지만 내가 대학을 다닌 2000년대 초반까지만 해도 도서관 장서의 맨 뒷장에는 대출 반납 내역을 기록할 수 있는 카드가 붙어 있었다. 책을 빌려 간 사람의 이름과 대출일, 반납일을 수기로 작성하는 종이 카드였다. 카드가 깨끗하게 비어 있으면 새 책, 누군가의 이름으로 빽빽하게 채워져 있으면 인기가 많은 책, 거기서 아는 사람의 이름이라도 우연히 발견하면 운명의 책. 십 원짜리 동전을 넣고 전화를 걸 수 있는 빨간색 공중전화 박스나 손바닥만 한 플로피디스크처럼 20세기 추억의 산물이 되어버린 도서관 종이 카드에 대한 기억을 나는 스무 살까지 가지고 있었다. 그러니까 내 인생의 절반에 해당되는 이야기다.

나머지 절반은 그야말로 격변의 시기였다. 2000년 이후여서 특별히 그랬는지, 모든 인생의 전반부와 후반부의 속도감이 이렇게 다르게 느껴지는지는 모르겠지만 내 경우도 후반 이십 년의 속도는 타의 추종을 불허할 정도이다. 나는 그대로인데 사방이 온통 빠르게, 더 빠르게 변했다. 성인이 된 이후의 나는 종이 대신 플라스틱 카드를 들고 도서관에 다녔다. 언제 어디서 어떤 책을 빌리고 반납했는지에 대한 기록 일체가 책이 아닌 도서관 웹사이트에 저장되었다. 내가 빌린 책을 나 이전에 누가 읽었는지 엿보는 일은 개인 정보 침해로 법적 처벌을 받게 되었다.

동네의 작은 독립 서점에서 일일 책방지기를 하는 동안 나는 어렴풋이 과거의 도서관 경험을 떠올릴 수 있었다. 책이 팔릴 때마다 장부를 수기로 작성해야 했는데, 사장님이 제목을 알아보도록 잘 쓰려 노력해야 했고, 그러다 보니 계산 과정이 오래 걸렸는데도 느긋하게 기다려 주는 손님의 배려가 절로 느껴지던 순간이었다. 손님의 얼굴과 표정, 책의 표지와 제목을 연결시키며 손으로 적는 시간만큼만 주어지는 안부 인사였다.

나는 기회를 잡기 위해서 달려들었다.
매일 밤 문 닫는 시간까지 뉴욕 공립
도서관에 머물렀고, 기차에서도, 강의
시간에도, 심지어 요리할 때도 글을 썼다.

켄 크림슈타인, 『한나 아렌트, 세 번의 탈출』
(더숲, 2019)

20세기 최고의 철학자 한나 아렌트가 주장한 것은 '악의 평범성'이었다. 인류 최대의 죄악으로 남을 홀로코스트가 일부의 광신도나 반사회적 인격 장애를 갖고 있는 사람 때문만이 아니라 국가와 권력에 순응하는 성실한 보통 사람으로부터 행해졌다는 주장은 많은 학자의 반발을 샀다. 그들에게 악은 자신의 반대편 저 멀리에 있는 어떤 것이어야 했다. 그들은 자신들이 만들어 놓은 질서이자 서구 사회의 근간을 흔드는 한 여자의 주장을 받아들일 수 없었다.

독일 유대인 집안에서 태어나 나치를 피해 파리로 망명했다가, 독일이 프랑스를 침공하면서 다시 뉴욕으로 망명했고, '악의 평범성'이란 개념을 밝힌 아이히만 공판에 대한 보고서 『예루살렘의 아이히만』 때문에 친구와 동료에게서조차 밀려나야 했던 한나 아렌트. 그녀가 원한 건 안락한 삶도, 학계의 인정도 아니었다. 진리. 이것은 언제나 사람들이 확실하다고 믿는 것을 의심하는 데서부터 시작되었고 '내가 믿는 것을 오직 믿는' 사람에게는 적의의 대상이었다. 그녀는 아무도 밝혀 주지 않은 길을 홀로 찾아 나서야 했다.

그녀는 뉴욕에서 생활을 이어 나가기 위해 영어를 배우며 원고를 쓰고 신문에 기고하는 일을 계속했다. 겉으로는 평범하고 단순했을, 그러나 그 속에 숨은 삶의 결을 나는 감히 상상할 수 없다. 다만 외로움을 어떻게 견뎠을까 궁금할 뿐. 그 시간을 함께해 주었을 도서관의 불빛을 머릿속으로 그려 본다. 도서관은 도망자이자 아웃사이더인 그녀가 견고한 사상의 벽을 쌓을 수 있도록 기다려 준 유일한 장소였을지도 모른다. 고국의 보호를 받지 못한 채 수많은 좌절과 시련으로부터 스스로를 지킬 수 있었던 건 무심한 듯 제시간에 켜지고 꺼지는 그 불빛 때문이었을지도.

집 근처를 걷다가 우연히 발견한 파블로
네루다 도서관. 너무 반가워서 당장
회원 카드를 만들고 매일 아침마다 커피를
내려 들고서는 도서관으로 출근하다시피
다녔다. 원 없이 보고 또 보고, 새로 알게 된
작가나 작품이 생기면 메모해 두었다가
집에 돌아와 인터넷으로 밤새 찾아보곤
했다. 누가 시켜서가 아니라 나도 모르게
그렇게 빠져들어 갔다.

김선경, 『베르르르린』
(라스 베르르 라흔, 2019)

베를린에 다녀온 이후로 베를린과 관련된 독립 출판물이라면 보이는 대로 사서 읽기 시작했다. 여행을 준비할 때부터 그랬지만 다녀온 이후로 더 잘 보였고 더 많은 부분에서 공감할 수 있었다. 무엇보다 다른 누군가의 글을 읽으면서 내 여행이 아직 끝나지 않은 것 같은 기분을 느꼈다. 책을 읽는 동안 계속해서 이어질 여행이었다. 여행 중에 놓친 경험이나 감정을 다른 책으로 채웠다.

『베르르르린』을 읽고 파블로 네루다 도서관이 있는 곳을 찾아보았다. 베를린에서 항상 들고 다녔던 전철 노선도와 지도는 구깃구깃해진 채 아직 내 책상 위에 있다. 도서관은 숙소에서 전철을 타고 이십 분이면 갈 수 있었다. 여행 전에 이 책을 읽었다면 분명히 갔을 텐데. 아쉬움을 뒤로하고 대신 작가가 쓴 문장을 읽으며 그녀가 도서관에서 보냈을 시간을 상상해 보았다. 겉으론 정적과 고요만이 감도는 커다란 도서관 안에서 서가 사이를 왔다 갔다 하며 자료를 고르고 읽고 흡수해 나가는 어느 이방인의 발랄한 풍경이 눈앞에 그려졌다. 눈에 보이고 손으로 만질 수 있는 작품을 통해 타인의 세계를 허물없이 드나드는 동안 타국에서 느끼는 고독과 불안도 어느새 멀리 사라졌으리라.

도서관은 지금까지 내가 언제 어디서든 찾을 수 있는 가장 크고 안전한 지붕이었다. 동네뿐 아니라 발길 닿는 곳의 어떤 도서관에서도 그 지붕 안으로 들어서는 사람을 막지 않았다. 정말 모든 도서관이 다 그런지 궁금해져서 문득 세상 곳곳의 도서관을 다녀 보고 싶다는 생각이 들었다. 적어도 그 시간만큼은 언제 나를 잠식할지 모를 고독과 불안으로부터도 멀리 달아나 진정한 자유를 느끼게 될지도 모르겠다. 그렇다면 가장 먼저 지구 저 반대편 나라, 보르헤스가 관장으로 있었던 아르헨티나 국립 도서관부터.

밤이면 가끔 나는 완전한 익명의 도서관을 꿈꾼다. 제목도 없고 저자도 밝히지 않는 책들로 가득해서, 온갖 장르와 온갖 문체 및 온갖 사연이 주인공이나 장소도 모르는 채 하나로 모여 시냇물처럼 끝없이 흐르며 이야기를 이루는 도서관이다.

알베르토 망겔, 『밤의 도서관』
(세종서적, 2011)

지난여름, 부산의 한 서점에서 작은 북토크를 했다. 지금까지 만든 책에 대한 이야기를 들려주던 중에 나는 이런 말을 했다. 처음에는 아무도 의식하지 않고 자유롭게 쓰고 만들 수 있어서 좋았는데 이제는 그럴 수 없게 된 것 같아 아쉽고, 앞으로도 많이 고민된다고. 그 말을 기억한 독자가 마지막에 지금이라도 다른 사람을 의식하지 않고 쓰고 싶은 글이 있는지, 있다면 어떤 글인지 물었다. 나는 대답했다. 그런 글이 있다면 아무에게도 이야기하지 않고 익명으로 만들 거라고, 그러니 지금은 말할 수 없다고.

세상이 아직 나를 모를 때, 내밀한 이야기를 글로 쓰고 책으로 묶어 세상에 내보내는 일은 실로 짜릿했다. 여기 이런 사람이 있다고 손을 번쩍 드는 일이었다. 이번엔 이런 책, 다음엔 저런 책, 비밀 보따리를 하나씩 풀어놓는 과정이 재미있었고 신이 났다. 하지만 세 번째, 네 번째, 그다음 책을 내면서도 동일한 기쁨을 느끼기란 어려웠다. 타인의 시선을 의식하는 마음이 불순물처럼 끼어들었다. 맞춤법과 오탈자를 확인하면서 나 자신에 대한 검열도 더해졌다. 이런 글을 써도 될까, 이런 책을 만들어도 될까, 누가 읽어 줄까, 읽고 실망하면 어쩌지, 나의 가치관이나 윤리 의식을 의심하면 어쩌지. 나는 점점 위축되었고 모든 문장에 자신이 없어졌다. 이건 매일 겪는 나의 슬럼프다.

그럴 때면 나는 재빨리 일어나 도서관에 갔다. 자신의 자리에서 묵묵히 누군가를 기다리는 책들을 바라보면 마음이 안정되곤 했다. 대형 서점의 판매대에서는 느낄 수 없는 차분한 감정이다. 서가에 꽂힌 책의 제목과 작가의 이름을 하나씩 바라보며 책마다 지닌 시간의 깊이를 헤아리다 보면 이상하리만치 반가운 기시감에 심장이 뛴다. 다른 누구도 아닌 바로 나 자신의 목소리를 듣는 순간이다. '다음엔 이런 책!'

"모든 방법이 실패하면 포기하고
도서관에 갈 것."
그래서 나는 도서관에 갔다.

스티븐 킹, 『11/22/63』
(황금가지, 2012)

과거로 통하는 길을 알게 된 제이크 에핑. 거기서 무슨 일을 겪고 얼마나 오래 있든 다시 돌아오면 불과 이 분이 지났을 뿐이다. 이를 먼저 경험하고 돌아온 친구는 거기서 하려고 했으나 불치병 때문에 무산되어 버린 거대한 계획을 에핑에게 떠맡긴다. 1963년 11월 22일, 존 F. 케네디 암살 사건을 막는 것. 시간 여행만도 놀라운데 역사까지 바꾸라니. 모든 게 당혹스럽지만 어느새 과거 한복판에 놓인 그는 자신이 할 수 있는 일을 하나씩 찾아 나간다. 올 가을밤, 실로 오랜만에 날 이야기의 늪에 푹 빠지게 한 책은 스티븐 킹의 『11/22/63』이다.

시간 여행을 다룬 책과 영화에 빠지지 않고 등장하는 법칙이 있다. 나비의 가벼운 날갯짓이 지구 반대편에서는 태풍으로 변한다는 '나비 효과'이다. 『11/22/63』도 마찬가지. 에핑에게는 과거의 분수령이 되는 지점으로 돌아가 물길을 바꾸려는 분명한 목표가 있었다. 하지만 정확히 세팅된 과거라는 무대에서 무심코 던진 말 한마디, 작은 행동 하나하나가 어떤 파급을 불러일으킬지 모른다는 사실이 그를 괴롭혔다. 큰마음을 먹고 과거로 갔으나 휴대전화도 구글도 없는 그곳에서 이렇다 할 실마리조차 찾아내지 못하던 중 그는 대학생 시절 교수가 했던 말을 떠올린다. "모든 방법이 실패하면 포기하고 도서관에 갈 것."

나는 이 문장이 왜 이리도 마음에 들던지. 이 대목을 몇 번씩 다시 읽다가 멈춘 채 이 글을 쓰고 있다. 마치 이런 기분이었다. 내가 믿고 있는 어떤 것, 그러니까 '모든 게 끝났다고 생각되는 마지막 순간까지도 남아 있는 보루가 도서관이라는 사실'을 다른 사람에게서도 인정받은 기분. 그 사람은 스티븐 킹이기도 하고, 제이크 에핑이기도 하고, 그의 대학 시절 교수이기도 하지만 감사하게도 지금 이 문장을 읽으며 고개를 끄덕여 줄 여러분이기도 하다. 그 상상만으로도 올해 가을밤의 독서가 얼마나 황홀했는지를 오래도록 기억하고 싶다.

도서관의 말들
: 불을 밝히는, 고독한, 무한한, 늘 그 자리에 있는, 비밀스러운,
소중하고 쓸모없으며 썩지 않는 책들로 무장한

2019년 11월 14일   초판 1쇄 발행
2024년 9월 4일   초판 4쇄 발행

지은이
강민선

퍼낸이   퍼낸곳   등록
조성웅   도서출판 유유   제406 - 2010 - 000032호 (2010년 4월 2일)

                주소
                경기도 파주시 돌곶이길 180 - 38, 2층 (우편번호 10881)

전화   팩스   홈페이지   전자우편
031 - 946 - 6869   0303 - 3444 - 4645   uupress.co.kr   uupress@gmail.com

                페이스북   트위터   인스타그램
                facebook.com   twitter.com   instagram.com
                /uupress   /uu_press   /uupress

편집   디자인   마케팅
전은재, 이경민   이기준   전민영

제작   인쇄   제책   물류
제이오   (주)민언프린텍   라정문화사   책과일터

ISBN 979 - 11 - 89683 - 24 - 5 03800